●─ 통영 용화사에서. 맨 왼쪽이 시인(1936)

●─ 『문장』에 「봉선화」가 추천될 무렵(1939)

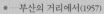
●─ 부산의 거리에서(1957)

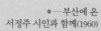

● ─수학여행 인솔 교사로 학생들과 함께(1958)　　　● ─경남여고 교사시절 교정에서(1958)

● ─부산에 온
서정주 시인과 함께(1960)

●─서울 인사동 아자방 앞에서.
옆은 김동사 시인(1967)

●─서울 종로에서(1968)

●—어느 문단 모임에서. 오른쪽부터 시인 이원섭, 아동문학가 이원수, 한 사람 건너 시인

●—제1회 중앙시조대상 수상 후 소감을 밝히는 시인(1982)

●—『묵(墨)을 갈다가』 출간기념회장에서 창비 대표 백낙청, 손자 김남종과 함께(1980)

● ─제자였던 박재삼 시인과 함께(1986)

● ─민영 시인과 함께(1991)

●━부인 김정자 여사와
단란했던 한때(1976)

●━서울 자택에서.
옆은 송길자 시인(1988)

●━통영 앞바다에서(1990)

● ─도자기에 글을 써넣고 있는 시인(2000)

김상옥 시전집

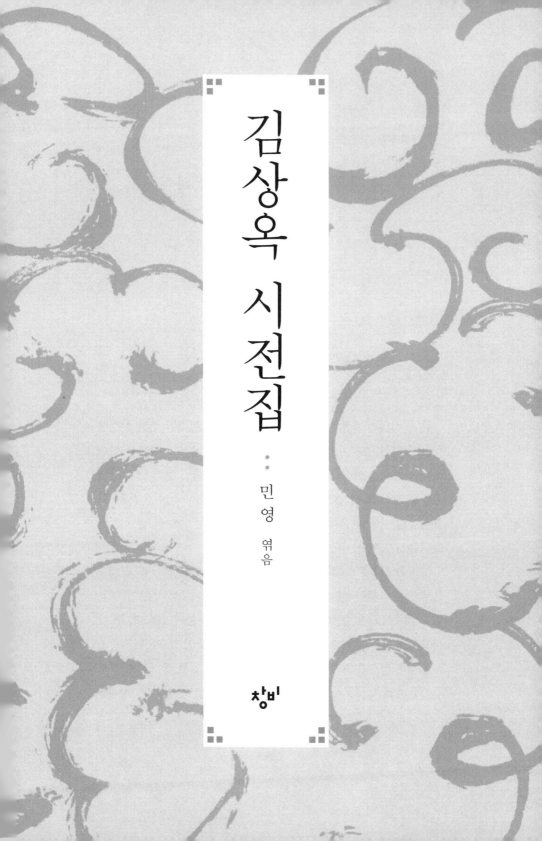

김상옥 시전집

민 영 엮음

창비

김상옥 시전집 간행에 즈음하여

우리 시대의 탁월한 시인이요, 예술의 장인이었던 김상옥 선생
이 선종하신지도 어언 한해가 되어갑니다. 선생의 일주기를 맞이
하여 살아계실 때 가까이 지내던 벗과 후학들이 고인이 남긴 글과
유품을 모아서 세상에 알리고 다시 한번 빛을 비추려는 것은, 이
불세출의 시인의 문학을 '굽 높은 祭器'에 담아 詩神의 전당에 받
들어올리기 위한 작업이기도 합니다.

김상옥 선생은 생전에 여러 권의 시집을 내셨습니다. 그 속에는
1947년에 상재한 시조시집 『草笛』과 그 이듬해부터 연달아 발간
한 시집 『故園의 曲』과 『異端의 詩』 『衣裳』이 들어 있으며, 또 아
이들을 좋아하여 써내신 동시집도 두 권이나 들어 있습니다.

김상옥 선생은 어렸을 때 더없이 가난하고 힘든 환경 속에서도
주눅들지 않고 꿋꿋하게 역경을 헤치며 살아오신 분입니다. 1960년

대 중반에 문학활동의 무대를 고향인 통영과 부산에서 서울로 옮긴 뒤에도 인사동에 亞字房이란 가게를 열고 시와 그림, 붓글씨를 써서 詩·書·畫 일체의 경지를 보여주셨습니다.

이것은 옛 선비들의 멋과 흡사한 행위인데, 1975년에 발간된 『三行詩六十五篇』이 그런 총체적 예술의 진수를 보여주고 있습니다. 이 시집에서 시인은 붓글씨로 제자를 쓰고, 그 속에 그림을 그려서 붙이고, 또 자신이 새긴 도장을 붉은 인주로 찍어서 장식했습니다. 시의 명칭도 시나 시조로 부르지 않고 '三行詩'란 새로운 이름으로 내보였습니다.

그렇게 왕성한 활약을 하면서도 시인은 이제까지 자기가 쓴 작품에 대한 彫琢과 반성을 멈추지 않았습니다. 다시 말하면 이제까지 3행으로 된 단장 시조의 형태를 3행 3연으로 바꾸어, 구투스럽고 고식적인 시조를 현대인의 감각에 맞는 새로운 시(시조)로 탈바꿈하는 일에 앞장서기도 했습니다. 심지어는 이런 틀(형식)에 얽매이지 않고 시조를 줄글로 풀어서 쓴 작품도 있는데, 이것은 어쩌면 "詩도 받들면 文字에 매이지 않는다"고 노래한 法古創新의 정신에서 유래한 것인지도 모릅니다.

시인은 갔지만 시는 우리 곁에 남아 있습니다. 이 刻苦의 예술을 神殿에 바치는 그릇(祭器)에 담아 후세에 전하는 것은 우리가 해야 할 일입니다. 이 시전집이 나오기까지 수고하신 창비의 여러분과 유족들의 노고에 사의를 표합니다.

2005년 10월 1일
초정 김상옥 시인 기념회

일러두기

1. 『초적』(수향서헌 1947) 이후 단행본 시집을 간행연도순으로 수록하였고 선집을 판본으로 참조하였다. 작품 수록순서는 단행본 시집의 것을 따랐다.
2. 한 작품이 이후 시집과 선집에 재수록되면서 수정된 경우 가장 나중 판본에 실린 작품을 정본으로 한번만 수록하는 것을 원칙으로 했다. 단 이전 판본의 완성도가 더 높다고 판단된 경우 그것을 취했고 재수록되면서 시형이나 내용이 많이 바뀐 시는 한번 더 실었다.
3. 『향기 남은 가을』『느티나무의 말』은 도서출판 상서각의 허락을 받아 수록하였다.
4. 명백한 오자는 바로잡았고 띄어쓰기는 현행 표기법에 따랐으며 제목의 한자는 가급적 원본 그대로 두었다. 사전에 나오지 않으면서 해석이 불가능한 어휘는 원본대로 수록했다.

차례

草笛

故園의 曲

異端의 詩

衣裳

木石의 노래

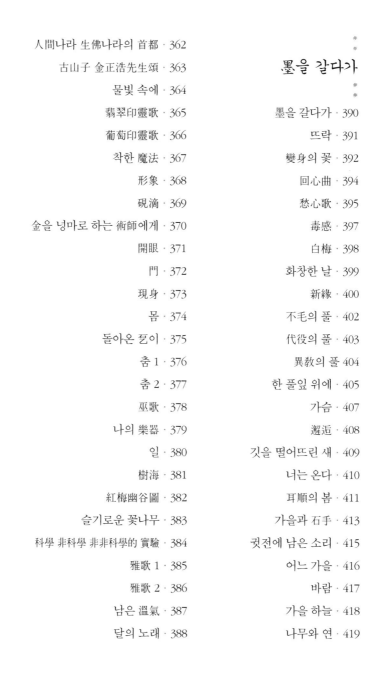

墨을 갈다가

향기 남은 가을

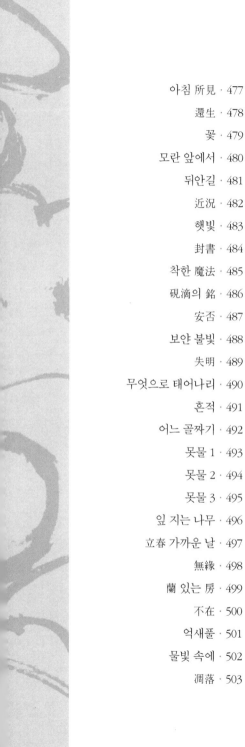

느티나무의 말

草笛

시조집   수향서헌 · 1947

思鄉

눈을 가만 감으면 굽이 잦은 풀밭길이
개울물 돌돌돌 길섶으로 흘러가고
白楊숲 사립을 가린 초집들도 보이구요.

송아지 몰고 오며 바라보던 진달래도
저녁 노을처럼 山을 둘러 퍼질 것을
어마씨 그리운 솜씨에 향그러운 꽃지짐!

어질고 고운 그들 멧남새도 캐어 오리
집집 끼니마다 봄을 씹고 사는 마을
감았던 그 눈을 뜨면 마음 도로 애젓하오.

春宵

달빛에 지는 꽃은 밟기도 삼가론데
醉하지 않은 몸이 걸음조차 비슬거려
이 한밤 풀피리처럼 그를 그려 울리어라.

愛情

그는 이미 胎 안에서 외로움과 슬픔을 가지고 나와
다시 뼈저린 아픔과 온갖 집적거림 속에서 사는지라
그의 지닌 바 모든 愛情은 오로지 哀情이었도다

꽃피자 비바람도 어찌 이리 잦을런고
성기고 어린 가지 부질없이 흔들어서
오가는 진흙발 아래 이리저리 밟힌다.

비오는 墳墓

등을 등을 넘어가서 골도 차츰 으늑한데
무덤은 도란도란 한 뜸으로 둘러 있고
비오는 안개 속으로 벌레소리 자욱하다.

여기 다른 하늘 날과 밤이 흘러가고
금잔디 다 젖어도 비설거지 하지 않고
외로운 넋들이 모여 의초롭게 사는도다.

봉선화

비오자 장독간에 봉선화 반만 벌어
해마다 피는 꽃을 나만 두고 볼 것인가
세세한 사연을 적어 누님께로 보내자.

누님이 편지 보며 하마 울까 웃으실까
눈앞에 삼삼이는 고향집을 그리시고
손톱에 꽃물 들이던 그날 생각하시리.

양지에 마주 앉아 실로 찬찬 매어주던
하얀 손 가락 가락이 연붉은 그 손톱을
지금은 꿈속에 본 듯 힘줄만이 서누나.

물소리

그는 다시는 풀려날 수 없는
머언 流配 같은 슬픔을 언제나 가졌었다

오오래 바닷가에 외따로 살아오며
자나깨나 물소리만 귀에 익혀 들었거니
바람 잔 고요한 날엔 가슴 도로 설레라.

江 있는 마을

한 굽이 맑은 江은 들을 둘러 흘러가고
기나긴 여름날은 한결도 고요하다
어디서 낮닭의 울음소리 귀살푸시 들려오고.

마을은 우뜸 아래뜸 그림같이 놓여 있고
邑내로 가는 길은 꿈결처럼 내다뵈는데
길에는 사람 한 사람 보이지도 않아라.

晚秋

볕살은 여리어도 三月처럼 포근하다
추녀에 걸린 구름 비늘인 양 머흘으고
靑제비 江南엘 가고 둥저리만 남았다.

후미진 뒷묏골에 가랑잎 지는 소리
감나무에 남은 열매 까마귀도 쪼아 먹고
먼뎃벗 하마 오실까 기다리기 겨워라.

立冬

그대 바람같이 가버리고 이내 이날로 소식도 없다

잎진 가지 새로 머언 산길이 트이고
새로 인 지붕들은 다소곳이 엎드리고
김장을 뽑은 밭이랑 검은 흙만 들났다.

뒤란에 깔린 낙엽 아궁에 지피우고
헌불에 지새우던 그날 밤을 생각느니
몹사리 그리운 시름 눈에 고여 흐린다.

춥고 흐린 날을 뒷뫼엔 숲이 울고
까마귀 드날르고 해도 차츰 저무는데
헐벗고 떠나신 길에 주막이나 있는지…….

눈

온 세상 뜰안인 양 포근히도 고요한 날!
저 하늘 푸른 속에 깊숙이 숨었다가
흰 날개 고이 펼치고 춤을 추며 나리네.

헐벗은 가지에도 흐뭇이 꽃이 벌고
보리 어린 이랑 햇솜처럼 덮어주고
오는 철 새로운 봄을 불러오려 하느냐.

깃드는 추녀 끝에 낙수소리 들리거든
참고 견딘 추움 헌옷처럼 벗어두고
우리네 헐린 살림을 다시 가꿔보리라.

길에 서서

1

내 어딜 떠나와서 어디로 가는 길고
저리 사람들은 바쁜 듯이 오가건만
나날이 가는 이 길은 다 어디로 가는 길고.

2

만나면 손을 쥐고 돌아서자 지울 웃음
헤이면 잊어버리고 또 만나면 다시 쥐고
가까이 오는 사람들 멀어져가는 사람들……

어무님

이 아닌 밤중에 홀연히 마음 어리어져

잠든 그의 품에 가만히 안겨보다

깨시면 나를 어찌나 손아프게 여기실꼬!

家庭

늙으신 어무님은 나만 보고 언정하고
안해는 그 사정을 내게 와 속삭이다
어쩌누 그는 남으로 나를 따라 살거니.

외로신 어무님은 글안해도 서럽거늘
안해를 가진 맘이 금 갈까 삼가로워
이 밤을 어서 새우고 그를 가서 뵈리라.

病床

내 어찌 조심 없이 세상을 살았기로
뜯기고 할퀴어 온몸에 상처거니
이 위에 병을 만연해 날로 이리 지든다.

잦아진 촛불인 양 숨소리도 가냘프고
외로 돌아누워 눈이 띈지 감겼는지
창밖에 저무는 빛이 죽음같이 고와라.

안해

내 앓고 누웠으면 밖에도 안 나가고
기침이 좀 늘어도 참새처럼 재재기고
남남이 겨운 그 情은 내게 이러하도다.

누님의 죽음

고이 젖은 눈썹 불빛에 깜작이며
떨리는 손을 들어 가슴 위에 짚으시고
고향에 늙은 어무니 뵙고 싶어하더이다.

그밤에 맑은 혼은 고향으로 가셨든지
하그리 그린 이들 이름을 부르시고
입술만 달싹거리며 헛소리를 하더이다.

마지막 지는 숨결 온갖 것을 갈랐건만
어린것 품에 안고 젖꼭지 쥐여준 채
새도록 눈을 쓸어도 감지 않고 가더이다.

僵屍

외진 길바닥에 얼고 주려 죽은 사람
잦던 숨 끊어질 제 빼물은 검은 입술
살아서 분한 그 마음 버리지를 못했어라.

이 모진 세상에도 그럴 일이 남았든지
살은 이미 굳었어도 두 눈을 희게 뜨고
저문 날 차운 바람에 둘데없이 누웠어라.

懷疑

푸른 칼끝으로 풀어헤친 가슴을 찔러
새빨간 염통을 갈기갈기 저며내어
잠드신 임의 窓 앞에 던져두고 떠나리라.

잠을 사리다가 어수선한 꿈을 깨고
어인 비린내가 코를 이리 찌르는고
그제사 임이 찾아도 그는 가고 없으리라.

落葉

맵고 차운 서리에도 붉게 붉게 타던 마음
한가닥 실바람에 떨어짐도 서럽거늘
여보소 그를 어이려 갈구리로 긁나뇨.

떨어져 구을다가 짓밟힘도 서럽거든
티끌에 묻힌 채로 썩을 것을 어이 보오
타다가 못다 탄 한을 태워줄까 하외다.

囹圄

1

새도록 잠 못 이루고 저물도록 맘 졸이고
때때로 이는 괴로움 나날이 새로워라
언제나 이 문을 나서 그린 임을 뵈올꼬.

2

잠도 그 아니고 꿈도 정녕 아니어니
바깥에 발자국 소리 멀었다 가까웠다
그러다 눈이 뜨이면 날이 다시 새워라.

3

밤은 이슥한데 삐그럭 열쇠 소리!
그들은 무슨 일로 이밤에 잡혀온고
쇠창살 침침한 속에 얼굴들이 보여라.

4

꿈은 깊었어도 잠은 사푼 들었던지

곁에 벗 앓는 소리 놀래어 잠을 깨다
오늘도 널 위에 앉아 해져감을 보리라.

집오리

때묻은 죽지 밑에 푸른 꿈을 안아두고
나날이 욕된 삶을 개천에서 보내건만
때때로 고개 비틀고 눈을 감고 느끼도다.

몸이야 더럽혀도 마음만은 아껴 가져
슬픔도 외로움도 달게 받아 겪었거니
목메인 그 울음소리 어느날에 그치려나.

흰돛 하나

날은 저물고 모랫벌은 끝이 없고,
막막한 빈 바다엔 물소리만 그윽하다
하늘 물 틈없는 저기 흰돛 하나 보이고.

귓속에 젖어 있는 물결소린 옛날인데
호올로 밟은 자국 돌아보면 호젓하다
돛대인 양 그는 어디로 흘러가고 없느뇨.

路傍
꿈같이 단순하던 그날의 추억의 파편

1

겉으로 외면해도 속으론 조바시고
못 본 체 지나와도 자로 돌아뵈는 것을
그래도 그는 모르고 마음없이 가느니……

2

어디든 걷고 싶어 옷을 털고 나왔다가
스치는 사람 속에 그 뉘를 보았든지
멍하니 길섶에 서서 가도 오도 못하여라.

煩惱

1

잊음을 못 가지면 괴로움이 없었거나
괴로움 가졌거든 생각이나 흐리거나
밤마다 깃을 벌리고 가슴속을 덮는 것……

2

자는 체 누웠으면 밤도 거진 이슥한데
고운 손길같이 달래고 쓰다듬고
애젓한 그리움인 양 몰래 찾아 오는 것……

廻路

이는 이미 그의 타고난 心性의 한 조각이었다

허물도 갚을 것도 내게야 없건마는
도로 내 면구하여 그를 이리 못 대하고
일부러 먼길을 둘러 외로 돌아 가누나.

自戒銘

수이 뜨거우면 식기 그리 쉽습니다
미지근하다 말진대 얼음으로 삽시다
진실로 뜨거운 불은 데일 줄이 없으리다.

말을 앞세우면 말을 따르지 못합니다
그 마음 다한 뒤에 몰라본들 어떱니까
그것이 크면 클수록 눈에 띄지 않으리다.

빛은 찬란하면 머잖은 날 낡습니다
겉으론 고와 뵈도 속을 어이 아오리까
쉽사리 눈이 부시면 바로 보기 어려우리다.

邊氏村

내 한때 두만강가 邊氏村에 살았는데
고향을 묻길래 統制使 營門이던 통영
진사립 자개장롱 나는 곳이래도 모르데요.

아몌야 에미네야 웃음이 마구 터지는데
가시내 이 문둥이 말끝마다 흉을 봐도
비빔밥 꽃지짐 얘기는 숨도 없이 듣던데요.

되땅은 하루 아침길 경상도는 꿈의 나라
동삼내 눈이 쌓여도 한우리의 고장인데
아득한 먼 옛말 같은 겨레들이 삽데다요.

青磁賦

보면 깨끔하고 만지면 매촐하고
神거러운 손아귀에 한줌 흙이 주물러져
천년 전 봄은 그대로 가시지도 않았네.

휘넝청 버들가지 포롬히 어린 빛이
눈물 고인 눈으로 보는 듯 연연하고
몇포기 蘭草 그늘에 물오리가 두둥실!

고려의 개인 하늘 湖心에 잠겨 있고
수그린 꽃송이도 향내 곧 풍기거니
두 날개 鄕愁를 접고 울어볼 줄 모르네.

붓끝으로 꼭 찍은 오리 너 눈동자엔
風眼테 너머 보는 한아버지 입초리로
말없이 머금어 웃던 그 모습이 보이리.

어깨 벌숨하고 목잡이 오무속하고
요리조리 어루만지면 따사론 임의 손길
천년을 흐른 오늘에 상기 아니 식었네.

白磁賦

찬 서리 눈보라에 절개 외려 푸르르고
바람이 절로 이는 소나무 굽은 가지
이제 막 白鶴 한쌍이 앉아 깃을 접는다.

드높은 부연 끝에 풍경소리 들리던 날
몹사리 기다리던 그린 임이 오셨을 제
꽃 아래 빚은 그 술을 여기 담아 오도다.

갸우숙 바위틈에 불로초 돋아나고
彩雲 비껴 날고 시냇물도 흐르는데
아직도 사슴 한마리 숲을 뛰어드노라.

불 속에 구워내도 얼음같이 하얀 살결!
티 하나 내려와도 그대로 흠이 지다
흙 속에 잃은 그날은 이리 순박하도다.

鞦韆

멀리 바라보면 사라질 듯 다시 뵈고
휘날려 오가는 양 한마리 蝴蝶처럼
앞뒤 숲 푸른 버들엔 꾀꼬리도 울어라.

어룬님 기다릴까 가비얍게 내려서서
포란簪 빼어 물고 낭자 고쳐 찌른 담에
오지랖 다시 여미며 가쁜 숨을 쉬도다.

玉笛
新羅 三寶의 하나

지그시 눈을 감고 입술을 축이시며
뚫린 구멍마다 임의 손이 움직일 때
그 소리 銀河 흐르듯 서라벌에 퍼지다.

끝없이 맑은 소리 천년을 머금은 채
따스히 서린 입김 상기도 남았거니
차라리 외로울망정 뜻을 달리 하리오.

十一面觀音
석굴암

의젓이 蓮坐 위에 발돋움하고 서서
속눈썹 조으는 듯 동해를 굽어보고
그 무슨 연유 깊은 일 하마 말씀하실까.

몸짓만 사리어도 흔들리는 구슬소리
옷자락 겹친 속에 살결이 꾀비치고
도도록 내민 젖가슴 숨도 고이 쉬도다.

해마다 봄날 밤에 두견이 슬피 울고
허구한 긴 세월이 덧없이 흐르건만
황홀한 꿈속에 싸여 홀로 미소하시다.

大佛
석굴암

가까이 보이려면 우러러 눈물겹고
나서서 뵈올사록 後光이 떠오르고
사르르 눈을 뜨시면 빛이 굴에 차도다.

어깨 드오시사 연꽃 하늘 높아지고
羅漢도 물러서다 가슴을 펴오시니
임이여! 크신 그 뜻이 다시 이뤄지이다.

多寶塔

불꽃이 이리 튀고 돌조각이 저리 튀고
밤을 낮을 삼아 정 소리가 요란터니
불국사 백운교 위에 탑이 솟아오르다.

꽃쟁반 팔모 난간 층층이 고운 모양!
그의 손 간 데마다 돌옷은 새로 피고
머리엔 푸른 하늘을 받쳐 이고 있도다.

矗石樓

헐린 성곽을 둘러 江물은 흐르고 흐르고
나루에 빈 배 한 채 몇몇 날로 매었는지
갈밭 속 해질 무렵에 기러기떼 오른다.

흰모래 깔린 벌에 대숲은 푸르른데
무너진 흙담 안에 祠堂은 벽이 없고
비바람 추녀에 들어 창살마저 삭는다.

욱쓰러진 古木을 돌아 다락에 올라서면
옷 빠는 아낙네는 끼리끼리 모여 앉아
蒼蒼한 전설을 띄워 물과 함께 보낸다.

善竹橋

이런들 어떠오리 저런들 어떠 하오리 술을 따라 권하오거늘*

百死歌 읊으오시며 그 盞을 돌리오시다.

그 몸이 아으 죽고 또 죽고 천만번을 고치오셔도 한번 肝에다 새긴 뜻은 굽힐 길이 없소이다.**

아으 그 노래 읊은 뒤에 半千年도 하루인 양 오로지 王氏 李朝도 한길로 쓰러져 꿈이로소이다.

임 한번 베오신 피가 돌이 삭다 살아지오리.

돌난간마저 삭아지어도 스며드오신 붉은 그 마음은 흐릴 길이 없으리다.

* "此亦何如 彼亦何如 城隍堂後 垣頹落 亦何如 我輩若此不死 亦何如" 太宗
** "此身死了死了 一百番更死了 白骨爲塵土 魂魄有也無 向主一片丹心 寧有 改理也歟" 圃隱

—「海東樂府」에서

56

武烈王陵

한결 깊숙해라 松籟소리 그윽하고
다만 무덤 앞에 엎드린 돌거북은
아득한 鄕愁를 안고 임을 외로 뫼시다.

오랜 비바람에 띠는 아직 푸르르고
널리 흩어진 겨레 한우리에 들이고저
애쓰던 임의 白骨은 여기 고이 쉬시는가.

칠칠한 숲속으로 저문 빛이 짙어오고
골안개 풀리는 양 눈앞이 흐리는데
벌 끝에 갈가마귀떼만 어지러이 날아라.

鮑石亭

저 굽은 돌틈으로 물과 함께 盞이 돌고
조을던 어린 舞姬 수심도 어여쁜 채
질탕한 풍악 소리에 몇몇 밤이 새드뇨.

우수수 낙엽만이 이리저리 구르는 날
그의 후예들은 어디로 헤매는지
지켜선 마른 古木도 하는 말이 없더라.

財買井
김유신 장군의 집터

초라히 남은 碑閣 비바람이 마저 헐고
풀잎 우거진 속에 메워진 얕은 새암
여기가 임의 집자리 우물터란 말인가!

그 님이 칼을 들고 北伐하러 가시던 날
이 앞을 지나치다 말 위에 오르신 채
한손에 고삐를 쥐고 타는 목을 축이시다.

千有年 한결같이 물은 상기 솟아나고
흰 구름 푸른 하늘 그대로 잠겨 있어
이젯날 임의 후예는 다시 이를 마시다.

艅艎山城

옛 城에 올라서서 더 멀리 바라보니
안개만 자욱하고 山河를 모를노다
그 전날 임의 龜船이 烟幕 퍼듯 하여라.

검은 구름떼는 소나기를 묻어오고
저 불칼 휘두르는 번개와 우렛소리
壬亂을 다시 치는 양 눈에 방불하여라.

* 此 慶南 統營之北麓 登之望見則 壬辰亂血戰之處
  閑山島 巨濟島 見乃梁等 卽在眼前

故園의 曲

성문사 · 1949

葡萄

파르란 하늘 밑
드리운 포도

알알이 하늘 속
숨긴 이야기

만지면 문질리는
엷은 분결

검붉은 빛 터질 듯
물이 실리어

살긋이 한알 따
입에 머금고

어린 걸 품어안고
입 맞추면

발갛게 젖은 입술
꿀같이 달아

마음속 오랜 상처
절로 아물고

새로운 즐거움은
샘으로 솟아

포도처럼 조롱조롱
고이는 눈물

봄 1
햇빛과 아기

우유처럼 따스한 햇빛이 마루 위로 지르르 흐릅니다. 아기는 나서 아직 아무것도 만지지 않은 그 정한 손으로 햇빛을 주무르고 있습니다.

봉숭아 붉은 앞뜰 울타리에 청제비 돌아앉아 한쪽 죽지를 펴고 짙은 자줏빛 목덜미로 저리 가려운 듯 햇빛을 휘젓고 있습니다.

보시시 한량없는 따스한 햇빛! 아기의 가슴에 넘치도록 안겨들고 푸르다 못해 검은 아기의 눈초리는 처음으로 보는 새로운 봄의 눈부신 조화에 놀란 듯 깜작이고 있습니다.

수그리고 바느질하던 장지 안 젊은 엄마는 반짇고리 한쪽으로 밀어놓고 아기 곁에 살며시 나와 진정 숨길 수 없는 웃음을 머금고 있습니다.

아아 이렇게 이 젊은 엄마는 그 그지없는 애정을 영롱한 패물처럼 아기 옷고름에 채워놓고 세상은 잠시 고요한 행복 속에 싸였습니다.

江 건너 마을

강 건너 재 너머
재 너머 강 건너
제비나 찾아오는 머언 마을

나 제비처럼
그 마을로 찾아가랴.

늘보리 철따라 익고
보리 익는 냄새 같은
구수우한 맘씨들이 살고 있고

연자방아 돌아들면
박넌출 오른 담집 안에
옛적같이 누에는 잠자고

맨드라미 꽃밭 속에
장닭도 한마리 앉아 조올고

뒤뜰 석류나무 밝은 그늘 아래
빨간 댕기 파란 조끼
아직 내외없이 서로 예쁘게 크고

재 너머 강 건너
강 건너 재 너머
갈래도 갈 수 없는 머언 마을

내 제비처럼
그 마을로 찾아가랴.

잠자리

오랜만에 씻은 듯 날이 개어
뜰에고 길에고 사람 하나 얼씬 않고
옛날대로 펼쳐놓은 하도 고요한 아침

바람결에 날려온 꽃잎처럼
마음 가벼이 마루 끝에 나앉았으니
저 새푸른 호수처럼 맑은 하늘로
어디선지 난데없는 잠자리 서너 마리
날개 잔잔히 물결처럼 스쳐 흐른다.
잠자듯 꿈꾸듯
나 잠시 눈을 감고 있노라면
문득 어인 소년 하나 ─
달같이 둥근 채를 장대 끝에 꽂아 들고
그 물결 밑으로 헤치며 달아간다.

이윽고
도로 눈을 뜨고 돌아다보니
그새 한동안 세월이 지나간 듯
나 몰래 내 안에 살던
그 토끼처럼 즐거운 소년은 간 곳 없고
나는 그대로 그 마루 위에
하얀 석고상처럼 거죽만 천연스레 놓여 있다.

비온 뒷날

사랑하는 이웃 애기들아! 방울 달린 란드셀을 그 작은 어깨에
메고, 부엌의 아침 설거지 소리 유달리 들리는 비 개인 축담을 내
려서서 인사하고 유치원으로 가는 애기들아! 이리 좀 잠시 들렀다
가라.

어젯밤 별들은 어디로 달아나고, 그 번개와 천둥이 노략질 어쩌
고 갔는지 너희 나비처럼 자로 찾아오던 이 꽃밭을 와서 보고 가
라. 그 장대 같은 소나기와 무지한 바람의 무리들이 진탕으로 밟고
간 이 꽃밭을 —

가지는 꺾이고, 뿌리채 나자빠져 그래도 떨고 일어서서 언제 흐
렸더냐는 듯 저리 맑은 하늘 뚫어지게 우러러 송이송이 고개 들고,
웃음 띤 꽃봉오리들을 바라보라! 너희 철없는 눈시울도 진정 더워
오리니……

애기들아! 그리고 아직 시간이 있거든 말이지 너희들 그 약손으
로 꺾인 가질랑 제비 발목처럼 잡매주고, 저 들난 뿌리도 어쩌겠
니 한줌씩 흙을 덮어놓고, 어서 서둘러 어깨 나란히 유치원엘 다
녀오라.

유치원엔 너희들 모르게 숨긴 슬픔을 잊으려고 꾀꼬리와 토끼

시늉을 내는 보모님이 기다리신다. 그러나 그보다 유리창마다 스며드는 아아 알길없는 하늘의 푸른 숨결! 너희 귀 소롯이 꽃잎처럼 열리어 그 소리 함초롬히 젖고 오라.

꽃 속에 묻힌 집

어느 고아원에서

바람도 고요하여 쉬고 가는
이 나부시 엎드린 산등성 위에
코스모스꽃 속에 묻힌 집 한 채 ―
가까이 꽃을 헤치고 들여다보니,
모두 얼굴 모습이 다른 아이들이
꽃 곁에 모여 앉아
그늘이 지면 자리를 옮기고
아무 말 없이 눈부신 햇빛을 받고 있다.
거리에 내버린 쓰레기 모양
엄마도 집도 없는 이 어린 목숨들은
어쩌다 이렇게 바람결에 불려와서
그 어느 아쉬운 손끝에
쓰레기 같은 끼니를 받아먹고,
멀리 창밖으로 반짝이는
거리의 불빛이 보이는 밤이 오면
모두 비슷한 지난날의 생각에
저마다 깜박이는 눈매도 같아지고,
마주 모로 누워 서로 껴안은 채로
파아란 별들이 굽어보는 이 집 ―
풀벌레 우는 코스모스꽃 속에서
가냘픈 입김을 나누고 잠이 든다.

금잔디 지붕 1

아기 집은
동그만 금잔디 지붕,
봄이 오면
초동들 피리 불고,
멧새도 찾아와 노래하고

머언 마을 호롱불
알푸시 켜지는 저녁이 오면
누구예요?…… 누구예요?……
날 이렇게 꼭 붙들고
눈 감기는 건 누구예요?……

자는 줄만 알고……
자는 줄만 알고……
영 위에 우수 달 넘어다보면
검은 산 그림자 완연히 가까워,

엄마가 부르시나 귀 기울여도
아빠가 부르시나 귀 기울여도
칠칠한 숲속으론 바람소리뿐……

다시 또 봄이 오면
어딜 가도 밟히는 푸른 잔디,
어린 영혼 눈 뜨고
살며시 아지랑이처럼 스며나와
뒹굴고 노는 —
아기 집은
동그만 할미꽃 지붕.

술래잡기 1

달 밝은 골목 안에
빨간 댕기 숨었다.

달아 달아 밝은 달아
계수나무 박힌 달아

방앗간 절구 뒤로
노랫소리 숨었다.

깡충깡충 달빛 속을
사라지는 그림자

그림자 따라가는
발자국은 달을 딛고

노랫소리 찾아가네
꼬옥 꼭 숨어라.

박꽃 속엔 어슴푸른
반딧불도 숨었다.

달

달밤에 물을 길어라
물에 뜬 달을 길어라.

순이 두레박에도 달이 하나
남이 두레박에도 달이 하나

집집이 물을 길어가고
집집이 달을 길어가고

다들 문을 닫고 잠든 아닌밤에
우물 속엔 그대로 달이 하나

달 지는 달그름에 물이 고여라
끊임없이 끊임없이 물이 고여라.

멧새알

어느날 그들은 뒷산 느티나무 숲속을 거닐며
이름모를 멧새알 하나를 주웠더래요

이 속에 무엇이 들었을까요?

먼 창살에 등잔불도 꺼지고, 눈오는 슬픈 밤엔 따사로이 몸을 가리고, 봄날 아지랑이 속에 보이지 않는 파문을 그리며 춤을 추는 아롱아롱 무늬 짜인 찬란한 날개가 들었을게요.

이 속에 또 무엇이 들었을까요?

끼리끼리 꽃 속에 잠을 자던 이슬방울의 슬기로운 얘기를 쫑그리고 듣는 귀도 들었을게고, 저 닿을 길 없는 하늘의 푸른 자락 속에 숨겨진 비밀을 엿보는 별처럼 빛나고 산초알처럼 까만 어여쁜 눈짓도 그 속에 들었을게요.

이 속에 또 무엇이 들었을까요?

쌓인 가랑잎을 헤쳐서 금잔디 파릇한 속잎을 찾아내고, 아늑히 무르녹은 향기 속에 흰 꽃가지를 쥐는 샛노란 발톱도 들었을게고, 또 형용할 수 없이 오묘한 목소리와 아름다운 노래를 머금은 채 산호처럼 연붉은 뾰족한 입술도 들었을게요.

그러면 그밖엔 뭐가 또 없을까요?

저 외로운 마을가에 저녁 연기 꿈결인 양 떠오르고, 갈미봉 언덕
길로 접낫을 든 초동들이 송아지를 앞세우고 내려올 무렵엔, 모이
를 물고 둥주리를 찾아들어 지친 죽지를 쉬는 복된 안식도 의초로
운 단란도 그 속에 고스란히 들었을게요.

저문 들길

외막 끝에
초승달 걸려 있고

머언 산 밑
꿈 같은 저 마을은
누가 사는지

안개 밖에
호롱불 눈물 머금고

그리운 고향처럼
다소곳이 엎드린 초집

들국화 흩어져
떠오르듯 환하게
저문 들길은

몸 둘 데 의지없는
괴나리 봇짐 하나

가도 가도
아득한 풀벌레 소리……

돌탑

비오는 불국사
돌탑 두 채
법당 앞에 나란히
마주 섰네.

남몰래
화랑을 짝사랑한
신라의 처녀야
어디 사나.

四月이라 초파일
좋은 명절
불공 온 사람 하나
안 보이고

초록 안개 자욱한
빈 절터
돌탑 두 채 나란히
말이 없네.

博物館

꿈얘기도 옛얘기도 아닙니다.
경주 박물관에 가보세요
내 말이 믿어지지 아니하거든 —

금으로 만든 금관이
파르르 떨고 있습니다.

옥으로 만든 옥저도 있습니다.
옥에서 나는 피리소리
얼마나 아름다운 소리겠습니까?

아이가 우는 쇠북이 있습니다.
꽃무늬 꽃무늬 속에서
어밀레 어밀레
아이가 우는 어밀레종이 있습니다.

돌로 만든 돌칼도
돌로 치운 돌도끼도 있습니다.

이렇게 꾀 없고 어리숙해도
아아 얼마나 맘씨 곱던 시절입니까?

구리로 만든 꼬마탑이 있습니다.
배꼽에도 못 자라는
열세 층 꼬마탑이 있습니다.

이 탑을 만드신 그 옛날
나룻이 하얗던 할아버지도
소꿉장난을 하고 노니셨겠지요.

꿈 같은 옛말 같은 이야기지만
경주 박물관에 가보세요
내 말이 믿어지지 아니하거든—

술래잡기 2
시성 타고르의 「참바꽃」에 화답함

일찍 저녁을 먹고 난 서늘한 해거름,
어머니가 부엌에서 설거지하시는 틈을 타서
슬그머니 장난이 하고픈 마음으로
저는 잠시 별빛같이 작은 반딧불이 되었다고 합시다.
그러면 어머니는 저를 정말 알아보시겠습니까?

더구나
어두워오는 지붕 위의 점점이 떠오르는 하얀 박꽃!
그 박꽃 속에 숨어 앉아
어머니가 가르쳐주신 자장가를 부른다면
어머니는 술래처럼 부엌문을 가만히 나오셔서
손끝에 떨어지는 그 구슬 같은 물방울을 뿌리시고,
물기 남은 손등을 행주치마에 씻으시며 저를 찾으실 것이 아닙니까?

  그래도 저는 짓궂은 희롱이 즐거워
  의연히 어슴푸른 별빛을 띠고 박꽃 둘레를 은은히 밝히고 있을 것입니다.
  어머니!
  그런데 저를 정말 당신의 귀여운 아들로 알아보시겠습니까?

촉촉이 저녁 이슬에 젖은 빨래를 걷어

마루 끝에서 어머니는 여지알 같은 숯불을 담아들고 다림질을
하실 때,

저는 살짜기 그 박꽃 속에서 헤어나와

저 무한한 밤 하늘을 날아 다시는 요동도 하지 않는 크나큰 어둠
을 흔들어놓고,

드디어 머나먼 나라로 별이 되어 사라질까 망설이다가

도로 어머니 계시는 우리집 이 작은 꽃밭 위에 옮겨 앉아,

빨갛게 익은 숯불에 비취어

한쪽 볼 언저리가 보오얀 어머니 얼굴을 뵈옵고 다시금 가슴 조
이는 그리움에

몰래 어머니 어깨 뒤로 그 옛날 기다리던 소식처럼 돌아와서

귀 곁으로 두 손 내밀어 어머니 눈자위를 살포시 감긴다면……?

아 그때서야

그 보드라운 촉감으로 어머니는 눈을 감고라도 정말 전 줄을 알
아내시겠지요.

寂寞

뻐꾹 뻐꾹
산철쭉 흩어진 골
으늑한 골
어드메 사나 뻐꾹 뻐꾹

잠결처럼 들리는
뻐꾸기 울음
벌목 소리 아니라도 山은 깊어라.

어느덧 푸른 그늘
휘드린 속을 털어서
흐르는 개울
흐르는 굽이마다 絃을 퉁기고

다시 또 인적 없고
멀리서 우는 솔바람
오직 하나 남은
落木 寒天의 소슬한 기척······

머흐는 구름 밑에
피던 들국화

스러진 구름처럼 고이 지고

쌓이는 가랑잎에
낮과 밤 묻히어
그 위에
다시 한겹 눈보라 덮고

이제는 진하여
싸늘한 죽음의 寢床 위에
그는 홀로 누웠어라.

안개 낀 항구

길만 남은 추운 거리도 철썩거리는 바다도 물새 우짖는 외로운 섬들도
이미 다들 안개 속에 들어서서 다시 나올 법도 않고
어느 아쉬운 애정이기 멀리 객줏집 古風한 호야불만 어렴풋이 깜박일 뿐.

어디서 끝없는 어둠을 헤치고 온 지친 불나비처럼
그 등불을 찾아든 늙은 사공은 혼자
구성진 갈매기 울음소리 옷깃에 여민 채 저리 말없이 앉아 있고,

아득히 안개에 잠긴 항구는 그 희미한 윤곽마저 차마 잊을 수 없는 그리운 옛 생각처럼 지워져가고
애틋이 머언 기적소리 안개 같은 슬픔에 묻어오면
다시 돌아올 기약 없는 은밀한 호소인 양 어찌 마음 이리도 설레일꼬.

牧場

먼 하늘 저녁놀
애달 듯 타고
울고 난 채수림처럼
가라앉는 해거름,

산울림도 못 오는
그 외딴 목장에는─
아직 새파란 젊은 쥔이
하얀 염소를 붙들어내다
발목을 묶어놓고 젖을 짠다.

저리 새끼들은
우리 위에 목을 걸고
놀처럼 붉은 울음 울어쌓고─

물러빠진 고운 털
하얗게 슬픔처럼 흩날리고
젖통을 쥐어뜯고 젖을 짜건만
가만히 눈 뜬 채
몸부림 한번 하지 않고나!

홀연히
머리를 들면—
그 야윈 잔등 너머
먼 하늘 타는 저녁놀
아아 황홀한 후광처럼 떠오른다.

누에

어느 정성스런 마음을 은혜 입어 새벽 별빛과 아침 이슬을 받은 연하고도 푸른 뽕잎을 어린아기 젖가슴 헤비듯 사그락거리며 조심스레 씹고, 포동포동 살이 붙고, 몸은 차츰 水晶의 속살처럼 투명해가면 —

애꿎이 목덜미를 아프게도 휘둘러 창자마저 조여들도록 제 몸에 지닌 것 낱낱이 뽑아내고, 손수 겨냥하여 하얀 棺을 짜고, 그 속에 아무도 몰래 드러누워 저 온갖 화려한 유혹의 손짓에도 깨끗이 눈 감고, 고이 숨을 지어 한모금 술잔처럼 그 삼엄한 죽음을 고요히 받는도다.

얼마 동안 숨소리 없는 그 멀고 어둡고 무서운 꿈속에서 살포시 살포시 깨어나 다시 삶의 부름에 아련히 귀 뜨이고, 새로 새는 날 밝아오는 첫 광선이 그의 눈에 부시면 열쇠 없는 棺을 뚫고 羽化하여 다시 살아나오는 누에여!
오오 죽지 않고 살 수 없는 영원한 생명이여!

너 일찍 그리 아픈 가시冠을 쓰고도 그 빛나고 따사로운 마음의 선물을 남기고 간 갸륵한 죽음이 네게 있었기로, 이미 다른 날 合掌하고 맞이할 이 거룩한 부활을 가지게 되는도다.

내사 곱새가 되었습니다

어머니 내사 그만 곱새가 되었습니다
저렇게 날마다 먹구름 흐린 하늘 아래
무언지 부릴 수 없는 서러운 짐 지고
오랜 동안 누질리어 살아왔기로
내사 그만 허리 굽은 곱새가 되었습니다.

그러나 내 다시 푸른 나무가 되겠습니다
맑게 갠 어느 오월의 눈부신 하늘로
종달새 노랫소리 꽃비처럼 쏟아지는
눈부시게 새맑은 아청빛 하늘로
정정히 벋어오를 한그루 푸른 나무
내사 또 그날 절로 푸른 나무가 되겠습니다.

그러나 그러나 내 아직 곱새입니다.
등에는 겹겹이 쌓이는 괴로운 짐 지고
비바람 소란한 저잣거리
이 끝없는 거리로 바람같이 지나가는
아아 어머니 내 아직 외로운 곱새입니다.

봄 2

어머님 저를 놓아주십시오.

저 푸른 안개 속으로 속잎 돋아나는 잔디밭 위로 흩날리며 오는 보슬비 보슬비. 아아 보슬비는 봄의 가벼운 발자국 소리가 아닙니까?

뜨락에 벋어난 매화나무 옛 등걸에도 새로 맺은 꽃봉오릴 보십시오. 봄의 馥郁한 웃음을 머금은 채 오물고 있는 붉은 입술이 아닙니까?

숲속으로 자취없이 불어오는 향긋한 미풍! 가지마다 흔들리는 보드라운 嫩葉의 소리! 아아 스란을 두르고 가까이 오는 봄의 옷자락 소리가 아닙니까?

어머님 이제 분명 기다리던 봄이 왔습니다. 어서 저를 놓아주십시오.

아가 아니다. 저걸 보아라.

나날이 저 江언덕 포롬히 눈물 자아내는 잔디밭을 보아라.

따스한 햇빛 오히려 두려워 뾰족뾰족 차마 피지 못하는 잔디밭을 보아라.

매화 도화 행화 온갖 窈窕로운 화초 그 헐벗은 가지 꽃피던 마디마디 터지는 선지피 방울방울 붉은 생채기를 보아라.

숲들은 못 견디어 몸을 내흔들고 사시나무 무서워 떨고 있고 긴

90

머리채 가로 풀고 꾀꼬리 목놓아 우는 아아 휘드린 저 수양버들을
보아라.

아가 아니다. 너희 기다리던 봄은 아니다.

어머님 왜 아직까지 저를 철없는 어머님의 어린애로만 보십니
까? 인제 저를 풀어주십시오.

애살포시 아지랑이 너머 이름없는 들꽃 무늬처럼 흩어진 저 잔
디밭이 보이지 않습니까? 가도가도 끝없는 초록 비단결 나의 보금
자리 진종일 뒹굴고 솟는 샘 밀수처럼 달고 굴레 벗긴 짐승모양 뛰
어다니렵니다.

해마다 해마다 삼백예순날 눈알 빠지도록 기다리던 아아 기다
리던 봄이 아닙니까?

어머님 지금 봄은 날 저리 손짓해 부릅니다. 어서 이 손발 풀어
주십시오.

아가 나도 못할 노릇이다. 좀 진정하여라.

네게 정녕 아름다운 상상의 세계를 허락하는 이 눈물겨운 사랑
의 구속을 마다하고 초저녁 하늘 하나하나 돋아나는 별을 따기에

탑처럼 쌓아올리던 꿈을 헐어 저 끝모를 싸움의 티끌 속에 영영
묻어버릴 처참한 유혹의 자유를 어이 달라느냐?

아가 겪고는 두번 다시 못할 노릇이다. 진정하여라.

아아 큰일났구나! 아가 눈을 감아라.
골짝 골짝이 저 모조리 피투성이의 진달래 벌겋게 온 산천을 뒤
덮고 골마다 등성이마다 두견이 울음소리 낭자하구나!
아가 숨이 막히느냐? 정신을 차려라. 그리고 또 어서 귀를 막
아라.
저 끝끝내 참다 못해 噴火처럼 터지는 노여움에 불티같이 솟아
올라 아아 노아의 홍수처럼 하늘 하나 가득히 차고 넘치는 종달새
울음소리 걷잡을 수 없이 무너져내린다.

아가 맥이 놀지 않는구나! 가슴을 문지를게 어서 숨을 쉬어라.
저 끝없는 사막의 타는 벌 끝에 촉박하게 솟아오른 크나큰 피라
미드처럼 오랜 苦役으로 쌓아올린 오늘날 모든 인류의 이 말못할
罪業은 마땅히 멸망으로 갚아야 할 것이어늘.
이른 새벽마다 새벽마다 한포기 풀잎을 위하여 이슬을 점지하
시는 하늘의 크신 사랑이 남아 있는 한 우리 이 오랜 멍에며 굴레
랑 벗고 맞이할 봄은 돌아오리니.
꽃과 마음이 통하여 향기롭고 그제사 그 몹쓸 비바람 걷히어 반
가운 날 맞기에 사태진 앞뒷山 새로 푸르러 둘러앉고
아아 지극도 하온지고 위로는 慶賀의 칠색 무지개 휘장 드리우

고 새와 짐승과 사람이 이웃하여 동화할 久遠의 봄이 돌아오리니.

아가 참고 견디어라! 그때까지만…… 그때까지만……

無花果

털끝만한 의혹도 숨길 수 없는
밝은 믿음의 금빛 찬연한 햇살도
뿌리 깊이 촉촉이 스며들
한줄기 흩날리는 愛情의 빗발도 없이
별 없는 밤처럼
막연히 끌려가는 한오리 슬픔만 남아
그 슬픔의 가느다란 가지 끝에 열린
아아 한톨 애초로운 과일이여!
너 어느 자취없는 悔恨의 바람결에 떨어져
어찌 이 기약없는 故園으로 굴러왔느뇨.
이는 떼칠 수 없는 슬픔에 질리어
꽃 없이 꼭지 진 과일이기에
능금 같은 붉은 볼도
복숭아 같은 털 고운 살결도 없고나.
그대와 내 受難의 과일이여!
내 비록 가난하여 이름없는 詩人이기로
일찍 어느 하늘 아래로 비치지 못하던
이 가슴의 타오르는 뜨거운 햇빛!
일찍 어느 벌판에도 뿌리지 못하던
내 꽃다이 젊은 생명의 봄비를—
오오 天眞하고 죄없는 과일아

내 드디어 너 위에 뿌려주리니.
저 속 모르게 깊은 자연의 오묘한 섭리를 받들어
움이 트거든 싱싱한 가지를 벋어
피할 수 없는 저 찌푸린 하늘 가리우고
밤마다 달빛 아래 피리소리 애끊는
이 동산 외로운 동산에 주렁주렁
휘이도록 다시 감미로운 열매를 맺어
잉잉거리는 벌떼 꿀을 치고
胡蝶의 가벼운 춤과 멧새의 화목한 노래 불러오라.
그러나
나와 그대 끰苦의 과일이여
아아 우리는 어이하리.
이미 그때엔 저 하늘 달리 푸르러
둘로 나눌 수 없는 너희만의 하늘이요
이미 그날의 이 동산은
풍성한 과일처럼 새로운 즐거움에 飽滿하여
다시 물러올 수 없는
우리의 그리던 옛 동산은 아닐 것을—

園丁의 노래

나는 고독한 園丁입니다.

이 황무한 廢園에서 어찌 꽃다운 젊음을 보내겠느냐고요? 더구나 혼자 저 벌레먹은 묘목과 어린 화초를 어찌 다 가꾸겠느냐고요?

여기 맑은 시내 값없이 흐르고 쉬임없이 교체하는 고요한 朝夕과 저 다채로운 계절마저 긴 화폭처럼 말려오지 않습니까? 내 이 細心스런 자연과 더불어 그날의 일과를 마치고 돌아오면 벌써 먼 하늘에는 무수한 별들이 둘러앉아 다시 새로운 화제를 마련하고 기다리고 있지 않습니까?

이리하여 내가 머언 뒷날 늙도록 산다면 —
나는 그때 이 정원의 난만한 꽃 속에 앉아 흰 나룻과 찌그러진 주름살에 허망한 시간의 흐름을 헤이며 다시 인간의 無爲한 노력을 회상하고 그 감당 못할 슬픔에 나는 얼마나 당황하겠습니까?

그러나 휘어진 가지 탐스러운 果實 곱게 물드는 — 이 눕고 일어나던 窓 앞에 쓰러져 지난날 내 손결에 길러진 우람한 樹木들의 그 푸른 그늘에 싸인 채 드디어 너울처럼 물밀어오는 적막 속에 내 조용히 殞命을 기다릴 때 아아 나는 그 그지없는 安靜을 얼마나 기뻐하겠습니까?

나는 잔인한 園丁입니다.

절로 다같은 삶을 받아 난 果實과 벌레! 어찌 과실만을 탐하여 벌레를 잡겠느냐고요? 본디 연고 없는 마음이란 어둔 밤 달같이 두 룻한 사랑이 아니겠느냐고요?

그러면 돌아오는 가을 그 모처럼 은혜로운 수확을 저버리고 저 不具의 慈悲 앞에 무릎을 꿇으란 말씀입니까? 비록 이 한알 작은 과실도 지극한 完成의 個體! 다시 이를 잠식하여 파괴하는 자— 그들을 위함은 어찌 잔인보담 더한 죄악이 아니겠습니까?

이러다 오고야 말 나의 永眠의 밤은 그대로 옮겨갈 다른 星座의 하늘!—

내 그날 그 사랑의 열매를 따기에 눈이 멀어 저 자연의 놀라운 異蹟을 모독하던 그 殺生의 죄값은 나를 다시 刑場으로 끌어갈 때 얼마나 나는 참회의 눈물을 흘리겠습니까?

그러나 刑틀을 젖어내린 鮮血처럼 내 마지막 붉은 황혼은 드디 어 끝나는 生涯의 門을 닫고 갈데없는 영혼만이 별처럼 날아 저 무 한한 天體의 보이지 않는 인력을 느끼며 七夕을 기다리는 직녀처 럼 풀 수 없는 사랑의 물레를 돌릴 때 아아 나는 얼마나 歡喜의 웃 음을 누르겠습니까?

失明의 患者

어느 유달리 고요한 모진 폭풍의 뒷날—
크나큰 옛 성곽처럼 무너져내린 온갖 배신의 마지막 절망에
다시 눈웃음 띠고 한번 돌아볼 그리운 인정도 없어
드디어 저물어오는 늦가을 희미한 황혼처럼 失明한 벗이여!
지금은 오후—
볕살 여린 2층 病室 그지없는 적막 속 꽃도 愁心져 고개 숙인 화병 옆에
잠시 무료하여 瞑目한 肖像처럼 그린 듯 앉아
지난날 오랜 피로를 연민하여
나타난 어느 慈愛의 그 혼적없는 손결에 스치어
이른 저녁 오므린 꽃잎처럼 내려덮인 눈시울 위로
벗이여! 오늘도 이 하루는 저물어갑니다.
하고많은 罪狀을 미결에 붙이고
풀 수 없는 비밀을 영원한 숙제로 남긴 채—
그러나
天地를 잃고 사랑하는 아내와 귀여운 자식의 모습마저 잃고
깊은 밤중인 듯
이미 쉬는 당신의 눈동자에는
다시 어두운 틈을 타고 어떠한 幻像이 盜賊같이 넘어와서
당신의 꿈 같은 安息을 어지러이 흩어 노략해가지나 않는지
그렇지 않다면

그 湖水처럼 잠자던 고요한 눈시울이

어째 저리 수면에 부서지는 달빛같이 자주 희번덕이는 것일까요?

혹은 그 옛날—

불타는 로마의 화려한 長安을 내다보고

피리 불던 어느 詩人처럼

지난날 풀릴 수 없던 당신의 그 受難의 使役에서 놓여나와

이미 허물어진 절망의 성곽에 나앉아

다시 오지 못할 망망한 광야 같은 새로운 세계—

그 낯선 세계의 눈부신 광명을 아스라이 내다보시는 것입니까?

아아 드디어 저물어오는 희미한 황혼처럼 失明한 벗이여!

오늘은 일요일

하마터면 잊을 뻔한 당신의 病患을 위문 온 나는—

분명히 이 화병을 만지며

당신의 곁에 가장 가까이 앉아 있건만 도저히 당신을 만날 수 없는 나는—

한때 당신의 그 맑게 갈앉은 눈동자를 흐리게 한 불순한 형상의 하나인 나의 이 容姿로는

다시 당신의 그 인정스런 시선에 비칠 수 없는 나는—

아아 나는 이미 폭풍을 기다리던 失明의 환자!

오늘 당신의 그 말없는 위대하고 엄숙한 교훈을 点字처럼 더듬

어 읽고
　　이제야 겨우 나를 알아낸 나는 失明의 환자!
　　벗이여!
　　이미 당신이 허울처럼 벗어버린 저 紅塵 깊은 거리에는
　　서로 넋을 잃고
　　수많은 失明의 무리들이 아직도 난무하고 있습니다.
　　나는 어서 이 길로 다시 저 악마의 街城으로 돌아가
　　잃어진 내 모든 永遠의 것을 찾아
　　한점 횃불처럼 가까워오는 폭풍의 밤을 기다릴 수밖에는……

조개와 소라

달빛! 으스름 달빛! 올 없는 엷은 비단처럼 은은히 흘러내린 그 달빛을 덮고, 할 수 없이 그들은 이 하얀 모래언덕 위에서 하룻밤 새워 가기로 하였단다.

물결도 일지 않는 푸르기 유리알 같은 깊은 바닷속! 산호 가지 빨갛게 그늘진 어느 바위 밑에서 어쩌다 서로 만나게 된 조개와 소라는 그 뜻 아닌 기쁨에 남모를 비밀한 얘기들을 이렇게 나누었더라고—

예예 당신은 소라입니까? 저는 조개라고 부른답니다. 그런데 처음 밖에서 무슨 기척이 나길래 저는 살짝 뚜껑을 열고 내다보았겠지요. 그때 저는 정말 당신을 꼭 한덩이의 천연스런 怪石인 줄만 알았습니다.

하하 그렇게 보셨습니까? 한번도 바깥을 내다보지 못한 저는 아직 저의 외모를 모른답니다. 그렇지만 이 괴석의 내부는 몇 굽이인지 모르게 돌아드는 이상한 동굴로 되었답니다. 보지 않고 어찌 아시겠습니까만, 저는 이곳에서 혼자 둥우리를 틀고 앉아 밤낮으로 참을 수 없는 적막의 쓰라림을 그대로 붓에 옮겨 불도 없는 이 캄캄한 동굴 안에서 오색 자개로 영롱한 벽화를 그리고 있습니다.

아아 벽화의 동굴! 어쩌면 상상도 할 수 없는 그런 화려한 곳에서 사십니까? 어쩌다가 진정 어쩌다가 저는 위아래도 분간할 수 없는 이 무슨 둔갑처럼 야릇한 뚜껑 속에 그만 수족도 못 쓰게 감금되어 있습니다. 그리하여 호올로 一刻도 견딜 수 없는 이 천추의 고독을 앓다가 그 어쩔 수 없는 슬픔은 마침내 암 같은 진주를 잉태하여 내 마지막 칠빛같이 유현한 꿈을 한겹씩 한겹씩 싸덮고 있습니다.

오오 겹겹이 꿈으로 싸인 진주! 어쩌면 당신은 가슴이 벅차도록 그렇게 아름다운 꿈을 언제나 안고 계십니까? 당신은 그러면서 어째 저를 부러워하십니까? 저는 본디 스스로 이 동굴을 파고든 것도 아니요 또 여기를 제가 즐겨 찾아온 것도 아니언만, 이미 살다 돌아보니 이렇게 괴상한 꼴을 둘러쓰고 있었던 것입니다.

소라! 이제야 당신의 말씀을 통하여 내 앞에 가리운 이 우매의 그림자를 헤치고 또 하나 괴로운 생명을 부지하는 다른 세계의 존재를 드디어 透得하였습니다. 저는 오늘 당신을 만나지 않았다면 저 무서운 무지 속에 저의 영혼은 영영 유폐되어 있었을 것이 아닙니까? 아아 얼마나 고마운 인연이료! 저는 순간일망정 이 뚜껑 안을 떼어버리고 나올 수만 있다면 지금 제가 가진 이 진주를 꼭 당신께 선물로 드렸으면……

조개! 고마운 말씀이오. 저도 만약 당신을 만나지 않았다면 이 죄악처럼 험상한 외모를 어찌 알았겠습니까? 당신은 곧 저를 비추는 거울입니다. 당신이 없었다면 이 바다보다 깊은 業苦에서 어찌 저를 건져낼 수 있었겠습니까? 아아 濟度의 거울이여! 정말 저는 이 동굴을 잠시라도 벗어날 수만 있다면 이미 저의 심혈을 기울인 이 구름같이 휘황한 벽화를 당신 앞에 좀 펼쳐봤으면……

이렇게 서로 마음 홀리는 꿈 같은 얘기에 자지러져 다시 깨어났을 땐 벌써 바다는 물결을 따라 머언 변두리에서 출렁거리고, 그 물살이 떠밀어놓은 이 끝없는 모래 언덕 위에서 그들은 이미 달빛을 깔고 앉아 있었다.

이왕 바다로 들어갈 수 없는 그들은 이밤 모처럼 달빛을 타고 울려오는 천상의 운율을 들으며 잠을 잤더란다. 소라는 진주를 품고 조개는 벽화를 구경하고 노니는 꿈을 꾸면서 ─

금잔디 지붕 2

비야! 아빠는 너를 얼마나 보고팠던 줄 아니? 그날 새벽 잠든 네 머리맡에서 바람같이 떠나온 뒤로 눈오는 아침 비오는 저녁 너를 얼마나 보고팠던 줄 아니?

오늘 이 풀잎 하나 남지 않은 외딴 산등성이에서 깨고 난 꿈처럼 기억에만 살아 있는 너를 만나 아빠는 무슨 마약을 마신 듯 당장에 미칠 것만 같구나!

네가 처음 이 세상에 태어나던 날 아빠는 옥중에서 모진 형벌을 겪고 있었다. 또 네가 온갖 재롱을 부리며 자랄 때 아빠는 앓아 어느 병원에 입원하고 있었다. 그리고 비야! 네가 마지막 가던 그리도 서러운 밤엔 이렇듯 넓은 천지에 몸 하나 둘 데 없던 아빠는 흐르는 구름처럼 먼 곳으로 떠돌아다니고 있었다.

그러나 하늘 맑고 집집이 반가운 깃발 휘날리는 이날! 아아 이날에사 네 무덤을 찾아 절로 터지는 울음처럼 울리는 노래!— 이 애 끊는 노래에 귀를 기울여라.

우리 아기
고운 아기
자는 무덤은—

아니 아니 아무리 부를래도 마음의 그리운 소리 다시 나지 않는다. 아가 비야 너 딸아 불러주랴 네 목소리에 나의 곡조 절로 옛 가락으로 맑아오리니—

우리 아기

고운 아기
쉬는 무덤은—

푸른 잔디
금잔디
곱게 깔리고
다복솔도 동무 짠
동그란 무덤
……동그란 무덤……

아기 혼자
외롭기로
무덤 위에는
할미꽃 한송이
피어 있네
……피어 있네……

우리 아기
고운 아기
사는 무덤은—

오리나무
숲속으로
길이 열리고
시냇물도 흘러가는
금잔디 무덤
……금잔디 무덤……

밤에는
아기 혼자
울고 있는지
진주 이슬 풀잎에
젖어 있네
……젖어 있네……

우리 아기
고운 아기
자는 무덤은—

호랑나비
흰 나비
앉았다 가고

종달새도 노래하는
양달쪽 무덤
······양달쪽 무덤······

봄 한철
다 지내고
겨울이 오면
소복 눈 내려와서
덮어주네
······덮어주네······

아빠 저는 오늘까지 아빠를 얼마나 기다린 줄 아십니까? 그날 밤 저는 이웃집에 잠깐 나들이 가듯 할머니 꼬부라진 등에 업히어 이 숲속에 와서 한번 이렇게 누운 채로 저는 얼마나 아빠를 기다린 줄 아십니까?

아빠! 벌써 세번째 봄은 이 금잔디 지붕을 타고 넘어가고 또다시 봄이 가까워옵니다. 오늘 저는 아빠를 만나 목을 껴안고 입술이 마르도록 쭈쭈도 하고 싶습니다만 이제는 저의 손목도 입술도 다 싸느란 땅속에 이미 형적도 없이 삭아지고 말았습니다.

그러나 아빠! 머언 뒷날 아빠는 저를 꼭 찾아오실 줄 압니다. 그날 저는 언제나 이승과 저승을 흐르고 있는 요단강 가 무지개 다리

목에서 아빠를 만나 다시 아홉 하늘 층층계를 올라서서 하늘도 언덕도 집도 연보랏빛 꽃구름에 가리운 옛 동산에 앉아 천년이 하루 같고 만년이 하루 같은 세월을 보내며 살고 싶습니다.

그런데 지금 마악 아빠가 부르신 노랫소리! 어쩌면 그리도 맑고 아름다운 가락입니까? 새소리…… 바람소리…… 물소리…… 철따라 새로워도 아아 이젠 그 노랫소리! 참을 수 없는 굶주림인 양 목마르는 그리움을 견디며 견디며 머언 뒷날 돌아오실 아빠를 기다릴 영원한 저의 자장가가 될 것입니다. 아빠……

異端의 詩

성문사 · 1949

古木

한아름 굵은 줄기는
蒼天 높이 들내어 북녘의 소식을 듣고
땅을 굳게 把握한 뿌리는
뜨거운 地心을 호흡하는 오랜 古木 있으니

머언 세월 하도 서글퍼
모진 風雨에 껍질은 터지고
오히려 韻을 더한 가지는 骨格처럼 굽었도다.

잠자코 떨고 견디어
그 무엇에 抗拒하는 逆意처럼 위로 위로만 뻗치는
오오 아프고도 슬픈 너의 心襟!

이 말없이 늙어온 나무는
그 어느날 눈도 못 뜨도록
온갖 塵埃에 사는 憎惡로운 것들을 휩쓸어갈
마지막 一陣의 태풍을 亭亭히 기다리고 있도다.

山火

별도 없이 캄캄한 저 허공을
어이한 火光이 하늘을 찌르고 솟아오르다.

오랜 靜寂에도 참고 견디어
그 모진 도끼날과 風雨에도
오히려 꺾이고 쓰러지다 남은 수목들은
이제 저 山을 칠칠히 둘러서서
오늘밤 일제히 횃불을 들고 일어서다.

때마침 하늬바람은 일고
불꽃은 크나큰 山허리를 돌아
그 뉘도 지르지 않았노니
그 뉘도 끌 수 없이 겹겹이 타는도다.

이날로 여우를 따르던 이리들아!
어디를 달아나리
어디를 달아나리
너희 스스로 저 불속으로 뛰어들지로다
오오 山火는 그의 말없던 분노이어니 ―

丘陵

새로 난 新作路로 한참 가면
무겁게 흐린 하늘 한자락이
갈가마귀 날으는 빈 벌판에 잇닿은 ―
이 아쉬운 眺望마저 막아서는 붉은 비알!

발붙일 데 없는 소나무 한그루
뿌리째 허공에 나뉘어 있고
도끼로 살점을 찍어낸 자국처럼
머언 山脈이 굼틀어 내려온 이 丘陵은
삽과 괭이로 파헤치고 깎아내어
피 흐르듯 못 견디게 붉은 흙만 돌았노니

아아 차마 눈 뜨고 보지 못할
저 흉측한 가실 수 없는 상처를 입은 언덕!

모래 한 알

본디 너 어느 바닷속 크나큰 바위로
파도의 毒牙에 깨물린 千劫의 갖은 風霜을
이제 여기서 다시금 회상하누나.

저 밀려오는 潮水의 포효!
반항도 없으나 굴종 또한 없었거니

몸은 닳고 쓸리어 작아만 가도
너 마음 한없이 한없이 넓어만 져

그리고 또 알았노니
쓸모없이 육중한 체구는 모조리 모조리 내던지고
오직 참된 영혼만을 가지려는
오오 너의 意圖여!

바위 1

저물도록 거리를 헤매어도
막아낼 둑도 없는 그 망망한 외로움에
혼자 잠들지 못하는 이 아닌밤은
내몸에 부딪치는 무수한 파도소리……

어무님

이미 쉰을 밑자리 까신 그 숫되고 어지신 어무님의
귀여운 막내로 태어난 나는
다 크도록 그의 젖을 만지고 잠이 들었었다.

그동안 나는 푸른 꿈과 아픈 비수를 가슴에 품은 채
병든 까마귀처럼 멀리 낯선 거리를 헤매이고
때로는 동네도 없는 길에서 비를 만나기도 하였다.

홀연히 마음 어리고
다시금 어무님이 불현듯이 그리워
초라한 행색을 감추고 고향에 돌아오노라니

어느새 어무님은 저렇듯 늙으시고
내 또한 어디서 홀로 떨어져온 不良처럼
나를 낳으신 어무님은 날 외려 손아프게 두려워하시도다.

太陽

오늘도 나는 襤褸에 뒤집어쓴 먼지를 털고
어인 죄수처럼 그림자 길게 늘이우고
荒漠히 저무는 異邦의 추운 거리에 서서
한 개 붉은 태양이 피를 뿜고 거꾸러짐을 보노라.

저 식어간 잿빛 태양 태양들은
두번 나의 日月을 밝히지 못했거니
어찌 이를 내일 다시 돌아옴을 믿을 수 있으랴.

온갖 굴욕과 멸시로 검은 구렁에 빠져
나는 지난날 수없이 많은 태양을 맞고 보내고
痀僂처럼 뼈 마디마디 터질 듯 앓고 있나니,

아직 내 肉眼에 나타날 허구한 태양이 뒤좇아
보다 모질고 더한 勞役에 손발 찢기우고
또 어느 酒店에 앉아 잠깐 쉬일 수도 있으리라.

그러나 어드메 거룩한 나의 태양은 하나 숨었으리니
어느날 아름다운 아침을 황홀히 차리고
오오 내 가슴 앞에 이글거리며 솟아올 것을 믿으리라.

116

廁

여기는 먹고 마신 것이 오장과 육부를 거쳐
살과 피와 뼈가 되고 그 나머지를 배설하는 곳 —
다음 끼니 다시 먹고 땔 것을 求하여
내 어디론지 분주히 쏘대다
여기 잠시 들르면 마음 그지없이 편안히 쉬이도다.
그 지독한 食慾의 走狗되어
날만 새면 거리에 나와
내 그들과 더불어 장돌림같이 떼제치고
義理를 눈감겨 온갖 거짓을 팔고
차마 말 못할 그 모욕에도 다시 訓誡를 사고
날이 저물어 山 그림자
이 무거운 가슴 덮어내리면
기다림과 주림에 겨운 파리한 家眷들이
窓을 내다 웅크리고 앉았을
이 게딱지 같은 오두막을 향하여 돌아오다.
이미 먹은 것은 흉측한 악취와 함께
이렇게도 수월히 쏟아버릴 수 있건만
눈에 헛것이 뵈는 주린 창자를 채우기에
또한 염치없이 떨리는 헐벗은 종아리를 두르기에
나날이 저질러 지은 이 끝없는 罪苦로
저 크나큰 어두움에 짙어오는

무한한 밤을 휘두르는 한점 반딧불처럼
아직 내 염통에 한조각 남은 양심의 섬광에
때로 秋霜같이 준열한 심판을 받는 이 업보는
오오 분뇨처럼 어드메 터뜨릴 곳이 없도다.

흉기

언젠고 내 그들을 의심하던 날
내 마음 늙은 刑吏처럼 몹시도 괴로웠노니

오늘 그들이 날 이리 의심하기로
내 차마 그들을

어찌 간악한 刺客 모양 미워하리

아아 의심은 아예 품지 못할 흉기!
— 이는 이미 殺戮이었도다

聲明의 章

차라리 나는 원수를 가지리라
독을 바른 흉기를 품고
내 그림자를 밟고 내 잠든 틈을 엿보는—
나는 차라리 풀 수 없는 영악한 원수를 가지리로다.

원수여!
너희들 주린 이리처럼 내 앞에 나타나는 날—
나는 이미 꼭 하나 血盟의 벗을 사귀었으리라.

드디어 원수는 나를 겨누어 찔렀건만
벗은 그의 모든 것을 내게 移讓하고
다시 나를 분장하여
벌써 그 무수한 칼자국을 입었음을
그제사 나는 그 복면의 무리와 함께 알았으리라.

—벗이여!
내 오직 너로 하여
주리를 틀리고 살찢음을 당한다 할지라도
그들 앞에 나는 외려 아무런 恨됨이 없으리로다.

120

해바라기

모든 草木이 숨죽고
사람도 감히 발디딜 수 없는 炎天 아래
홀로 담장 너머 버티고 서서
그 큰 이빨을 히히 드러내고
해를 향하여 미친 듯이 마구 웃는—

아아 머언 未開人의 모습 같은 해바라기!

化石

뒷당산 포구나무 앙상한 가지 끝에
헐벗은 바람만이 앉아 우는 오후—
이제 사흘째 설을 지낸 오늘도
길목마다 때아닌 호사가 꽃처럼 난만한데

풍류 소리도 드높아
이울 줄 모르는 그 거리를 끼고 지나오면
인적도 없는 이 외딴 丘陵 위에
이날이야말로 모처럼 돌아온 누구의 명절이기
어인 젊은이는 곱사등이 모양 돌아앉아
멀리 돛단배 하나 안 보이는 滄茫한 水平을
언제까지나 언제까지나 바라보고 있었다.

슬픔도 痲木처럼

시름시름 달포를 두고두고 내리던 비는
바위를 떠밀고 둑을 무너뜨리고 논밭은 쏘가 되고

마침내 보복과 상잔의 저자는
이미 모조리 沒收되어 핏빛 같은 흙탕물에 잠기었노니

다시 고개를 돌려 바라보면
山마루 언덕마다 허옇게 기어올라 늘어선
또 저 어인 노아의 무리들인고?

이제 내사 슬픔도 痲木처럼 앓리지 않구나!
차라리 울부짖는 사람 속에 혼자 기뻐 춤이라도 추고지고……

눈

몇날을 두고 못내 흐리던 날씨는
마침내 크나큰 슬픔을 예언하듯
이제는 바람도 자고 추위도 풀리건만
오늘 地表엔
사람의 씨란 하나 남기기 어려운
그 마땅히 받아야 할 저주를 증거하여
몸소 쓰러져 누운
어느 늙은 乞人의 僵屍 위에
한잎 거적을 덮어주듯
드디어 참을 수 없는 분함은
이렇게 하늘마저
가루 가루 부스러져 하얗게 날리느니……

지난해 初春 서울에 올라와서

밖으로 나오면 모두 올빼미 같은 눈짓을 하고
집에 들면 몸을 避한 카인의 후예처럼
대낮에도 門을 안으로 잠그고 사는 사람들 ─
이토록 사람이 사람을 꺼리어
서로 막고 무찌르기에 堡壘인 양 이웃을 담싸고
다시 기어오를 수 없는 함정 속에
숨막히는 어두움을 둘러쓰고 허덕이노니
내 오늘 선불 맞은 짐승모양
이 피 토할 분노를 억누를 길 없구나!

도로 돌아서서 행길로 나오면
아직도 추위는 옷자락에 매달려 못 견디고
머언 변두리의 저 不毛의 山城은
나무 한그루 남아 있지 않아
바람도 걸리어 울 곳 없건만
그래도 봄기운 기름 흐르듯 완연히 번지고
얼어붙은 슬픔 굽이굽이 江물에 풀리어라.
내 이제
이길로 나서면 다시 오지 않으리니
아아 한번 靑山이 무너질 듯 목 놓아 울어나 보고지고.

나는 하늘이로다

나는 하늘이로다. 삼라만상 어디서나 우러러보는 하늘! 나는 저 비롯과 끝남이 없는 時空을 더불어 오직 그 絕對한 영원을 숨쉬는 생명이로다.

너희는 감히 나를 모르리라. 내 속이 얼마나 넓고 깊은 줄을 너희는 아직 모르리라. 그러나 호수같이 맑은 너희 本然한 마음 ─ 그 비장의 거울 속에 내 푸른 映像을 비추고 있음을 나는 아노니 너희는 곧 내로다. 이미 너희는 그대로 작은 하늘이로다.

나는 지난 累億萬年! 날이 날마다 너희의 그 헤아릴 수 없는 흉계와 음모를 샅샅이 굽어보고 있노라. 그러나 나는 너희의 그 짓궂은 장난을 조금도 개의치 않으려 하였노라.

늦은 봄날 나를 찾아 한점 노고지리 보이지 않도록 솟아올라 사라진대도 나는 그만치 더 멀고 깊어지노니 그의 노랫소리 ─ 내 옷자락은커녕 내 푸른 寢室 드리운 침장엔들 어찌 젖었으랴. 도로 噴水처럼 거꾸로 쏟아지는 그 노고지리 소리를 너희는 들었으리니 그러기에 내 너희의 그 작은 營爲를 도시 탓하지 않으려 하였노라.

그뿐이랴. 나는 날마다 날마다 紫水晶 새벽과 瑪瑙의 황혼으로 너희를 잠재우고 일깨우고 밤마다 밤마다 구만리 장천으로 뻗쳐

126

흐르는 은하수로 너희의 그 흉한 꿈자리를 가셔주지 않았더냐. 봄이면 봄 가을이면 가을 철따라 무늬도 현란한 비단을 필필이 풀어 너희의 그 독한 손톱 발톱에 찢기고 밟힌 이 강산을―내 너희 뒤를 따라다니며 다시 꾸미고 가꾸지를 않았더냐.

아아 어찌 알았으랴. 지금에 이르러 너희의 마음은 흐리고 금가고 다시 너희는 무엄하여 나를 배반에서 否定하려드나니 본디 너희의 있다 함은 오히려 虛無요 너희의 없다 함은 오히려 實在이어든! 나는 기다렸노라. 일체 萬物이 빛인 양 귀납하는 순간―너희 심안에 나타날 저 無邊 궁륭을 圓覺할 날을 내 은근히 기다리고 있었노라.

그러나 이제는 너희의 그 티끌보다 작은 갈등도 쌓이고 쌓여 다시 기어오를 수 없는 峻嶺을 이루고 안개 속에 묻어오는 저 물기보다 작은 거짓도 모이고 모여 다시 헤어날 수 없는 深淵을 이룩하였구나!

아아 어찌 뜻하였으랴. 너희는 이렇게 蒼蒼한 나의 섭리를 끝끝내 異端하여 너희끼리 서로 물고 뜯음으로 갚으려는 너희들! 내 너희로 하여금 한없는 落淚가 오늘 소나기 되어 너희들 사는 골짜기를 넘쳐 흐르거든 어찌 깨치지 않으랴! 때마침 나의 한숨마저 태풍

을 일으켜 바다는 미치고 초목도 저희끼리 부대끼어 꺾이고 넘어
지는 이날—아아 어찌 뉘우치지 않으랴!

드디어 드디어 참을 수 없는 나의 분노는 뇌성벽력! 이 천둥의
시위를 듣고도 다시 깨닫지 않으랴! 내 너희의 그 씻을 수 없는 역
모를 치기에 이 번개의 불칼을 휘둘러도 너희 종시 깨닫지 않으랴!

봄

아아 이들은 뉘도 몰래 이렇게 微笑로운 장난을 꾸미고 있었구나!

봄이여! 왜 오지 않니.
어드메서 한눈 팔고 돌아오지 않니.

내 오늘 하도 人情이 그리워
무심히 들에 나와
살짝 양지쪽 마른 잔디를 헤쳐보니

봄이여!
네가 오면 놀래주려고
배추꽃 노랑나비 걸음마 걸리고 오면 놀래주려고
벌써 잔디는 포오란 속잎을 감추고 있다야.

봄이여! 왜 오지 않니
어드메서 한눈 팔고 돌아오지 않니.

봄비

萬物이 다 어드메 사로잡힌 양 이렇듯 괴괴하게 가라앉은 날―

어느 끝없고 저무는 벌판에
羊을 치는 목자의 그 부드러운 마음의 손결처럼
자자히 슬픔에 쌓인 이 강토를 고이 스치고 오는 오오 봄비여!

처마에 쭈그렸던 참새들아
어서 나와 깃을 두드리고 이 반가운 손을 맞이하라.

나도 이대로 뛰어나가 강아지처럼
이 떨어진 옷자락 늘이우도록 흠뻑 젖어 둥개이련다.

앙상한 저 江가 버들가지 흐뭇이 물이 오르고
뒤안 늙은 석류나무 굽어진 등걸에도 자줏빛 움이 돋아라.

집집 영창마다 황금가루 뿌리며
아득히 發祥의 山上에 점지어
그 開天하던 草創의 개인 아침이 羽衣를 떨치고 찾아오거든―

오오 三千萬 겨레여!
울멍울멍 터지려는 울음을 깨물고 살아온 이 땅의 후예들이여!
서로서로 껴안고 오랜만에 마음껏 한번 마음껏 울어보자.

포플러

포플러 너 本心은 憧憬 —
때로 비췻빛 푸른 天蓋를 나는
그 魚鱗 같은 구름을
너 고요히 우러러 철없는 향수를 지니더니
언제 저렇게 山을 겨누어 솟았느뇨.

갈밭 너머 기러기 찾아오고
꿀벌떼 나직이 잉잉거리는 가을이 되면
너 부질없이
노오란 傷心의 파편을 날리어
그날 이 江邊을 배회하던
그 의지없던 또 하나 다른 나를 한껏 울렸느니.

— 오늘밤
산골 갈새가 銀河처럼 울고 내리면
너 자지러질 향수를 안고 어디로 가려느냐
위로 위로 뻗치는
그 애타는 憧憬의 손을 들어
아무리 휘저어도 닿을 길 없는 아아 漠漠한 空中!

木乃伊
茶房 '路傍의 집'에서

여기는 어느 애젓한 행복이 깃들인 港口이뇨

차라리 砂漠도 그리운 종려나무 그늘 아래
내 정처없이 밀려온 一葉舟처럼
램프불 어스름한 壁을 대하여 고요히 앉았으면—

바깥에 가끔 反響 없이 들리는 아우성소리
지나치는 발자국도 무수한 세월처럼 사라져가다

포도 한알로 하얀 입술을 물들이고
샘물같이 흐르는 「鎭魂의 曲」에 귀를 기울이면
아아 고독만이 조여드는 나의 心思여!

반쯤 열린 유리창 밖에
夭夭한 달은 흰 가슴을 풀어헤친 채
저쪽 밤 베니스의 풍경이 몹시도 보고 싶고

여기는 또한—
어느 폐허가 된 옛 榮華를 考古하는 陵墓이기
연기 뿜는 잿빛 미라들만 저리 安置하였느뇨.

酒幕

어지러운 꿈을 꾸다 놀란 채 잠을 깨었다 밤은 얼마나 되었는지 알 길 없고 몸은 온통 땀에 젖어 깊은 海底에서 헤어나온 듯 호졸 근하다.

다시 잠을 들이려고 해도 좀체로 달아난 잠은 오지 않는다 어디서 뭐이 부스럭거리는 소리가 들린다 잠은 영영 달아나고 꼭 무슨 밑 없는 항아리처럼 아무리 思念의 두레박을 길어 부어도 길어 부어도 차지 않는다.

어디서 또 부스럭거리는 소리가 들린다 잠시 머뭇거리더니 다시 들린다 정녕 뒷집 마굿간에서 나는 소리다 말이 부스럭거리는 소리다 마판을 구른다 저런! 매인 줄을 떼려고 실랑이하는 소리다.

말은 다시 땅을 파고 발을 구른다 저 또 무슨 다른 소리다 이젠 울음 우는 소리다 잇몸을 드러내고 이를 갈고 우는 목메인 울음소리다.

이렇게 이슥하고 고요한 밤을 저 혼자 자지 않고 남모를 그 무슨 억울함을 호소할 데 없어 우는 짐승! 아아 어쩌자고 저렇게 못 견디게 구슬프게 우는 것일까?

일찍이 젖을 떼인 제 에미가 홀연히 그리워 우는 것일까? 또는 날이 새면 무거운 짐을 끌고 그 보복으로 아픈 채찍을 받아야 하는 제 신세를 탓하는 것일까?

나는 여기 한 생각이 떠오른다 —

푸른 담을 펼친 듯 一望 無際한 벌판이다 비단결같이 불어오는 바람이다 고삐를 끄른 말과 망아지들은 大地의 봄을 씹고 밟고 박차고 깔아뭉댄다.

이 굴레 벗은 말과 망아지처럼 거리 자유롭고 단순하고 선량하던 그 소년은 이제 인생과 예술과 다시 그 周慮와 그 性理에 대하여 끝없는 동경과 회의를 품고 바람에 나부끼는 갈꽃같이 설레인다.

오늘밤 이 길가 주막은 내일 아침 주인한테 셈만 치르고 나면 베고 자던 봇짐을 들고 다시 다른 벌판을 찾아 아무런 자취도 없이 길을 나서리라.

獅子

벅차게 치미는 울울한 분노도
너 이젠 한점 고기처럼 삼키었노니

百獸의 조공을 받던 너 존엄의 기다란 수염은
癈帝의 훈장처럼 슬프구나.

이 無事에 녹슨 철책 안을
저 亡命과 放浪의 요람 ―
시베리아의 끝없는 사막으로 여긴대도

차라리 피투성이 되어
頭蓋를 깨뜨리고 四肢를 훑고 싶은
이는 참으로 견디지 못할 괴로운 自慰일러라.

獅子여!
너는 오늘도 한 姿勢를 짓고 앉았노니

峨峨한 산맥을 밟고 밀림을 숨쉬고
너 風雨같이 내닫던 그 기개는
굳이 굽은 발톱으로 꽉 누르고만 있으려느냐.

毒蛇

깊은 밀림 속으로 유령 같은 바람이 일어
푸르른 달빛은 칼날처럼 번득이다.

배암은 삼각의 머리를 꼿꼿이 치어들고
비늘 속에 陰氣를 품은 둥우리는 서리우다.

저 두 갈래 번개 같은 붉은 혀를 휘두름은
그 무슨 매섭고도 날카로운 怨聲을 지름이뇨.

너 어느 전설엔 相思의 業苦를 그 毒牙에다 깨물고
또 어느 經典엔 에덴을 잃은 인간의 과오를 다시 징그러운 탈인
양 둘러 씌웠도다.

깊은 밀림 속으로 유령 같은 바람이 일어
푸른 달빛이 칼날처럼 번득이다.

蜘蛛

무엇을 검으려는고!

갈고리 같은 험상한 발을 지니고서 어찌 보면 저들 守錢奴의 전대처럼 아랫도리의 불룩한 몸집을 가짐도 짐짓 우연함이 아닐레라.

너 나날이 밑으로 내는 그 排泄마저 공교로워 가느른 가느른 은실을 뽑아 빈 空中에 가로 세로 투망처럼 얽어두고 한가히 바람을 쐬고 잠자듯 시침을 떼고 앉았건만 ─

어이쿠! 조그만 나비 한마리 걸려도 재빠르게 달려들어 버티고 물어뜯고 덤벼드는 거미여!

너 날 적부터 어떤 奸計를 지녀왔기에 이미 生理는 버리기로 마련된 분뇨이언만 여기 다시 혀를 대어 그 지독한 利潤을 보려는고 ─ 거미여!

아아 하고많은 거미들이여!

기는 놈이 다시 나는 놈의 피를 빨고 지내건만 정작 너희에겐 이미 아무런 悔悟도 없고 오직 물려받은 슬픔으로 오랜 쩝性으로 이를 받들어 오히려 기르고 사는도다.

密偵

"여보 長安에는 더러 間諜들이 횡행한다오 말을 삼가시오!"
"여보 長安에는 벌써 間諜들이 횡행하고 있답니다 우리 말들을 조심합시다"

어느날 이 都城의 한 모를 갉고 들어온 謀介의 귀는 수많은 세균을 흩뿌리어 이제는 저희도 모르는 密偵들이 黑死病인 양 창궐하고 있었다.

아아 陷落의 前夜 — 恐慌의 성곽이여!

猜忌

阿諛와 卑屈이 행길에서 오늘 아주 싸웠다나? 서로 욕질하고 옷을 찢고 얼굴엔 탈박을 둘러쓰고 다시 안 볼 듯이 싸웠다나? 그때 마침 지나치던 猜忌가 싸움을 뜯어말리고 심술궂게 그 탈박을 억지로 벗겼더래 그랬더니 그 둘은 어쩌면 고렇게도 닮은 한 탯줄에 자란 쌍둥이였을꼬! 길 가는 사람한테 위사를 마구 하고 얼굴을 싸고 돌아갔다는데 말이야 나중에 또 알고보니 猜忌도 그들과는 그리 멀잖은 戚分이 있었다나……!

바위 2

좀더 있을래도 밀어내는 손짓……
그래서 떠날래도 휘저어 막은 손짓……

가도 오도 못하는 나는 — 이미 언제인지
망망한 바닷속에 발을 잠그고 들어서서

밀려오지도 밀려가지도 못하는 바위더란다.

바위 3

밤새도록 그 밤보다 깊은 어둠속으로 뭇 짐승의 울음 같은 풍랑을 뒤집어쓰고 어찌 어찌 그 못 견딜 긴긴 밤을 다 새우고 나면 멀리 파아란 물과 하늘이 금하고 닿은 데서 새론 아침이 사르시 나오자마자 그도 몰래 그의 온몸에서는 밝은 빛이 밝은 빛이 쟁쟁한 소리처럼 반작이고 있었단다.

頭尾島
卞心友와 그의 신부에게

자나 새나 둘러봐도 끝없는 쪽빛 수평
쏟을 길 없어 멍들던 心血인 양
그 어찌 못 잊을 그리움인 양
새빨갛게 망울진 동백꽃 그늘 아래

우짖는 갈매기 울음에 젖어온 맘씨들은
물결에 밀린 모래처럼 정결하여
나서 이날로 조개를 줍고 살았기에
고개 갸웃이 외로워도 외로워도
진주처럼 품은 순정일랑 보배로이 가졌거라.

山기슭

마을을 멀리 돌아앉아
인적도 없는 이 후미진 산기슭 —

돌각담 둘린 안에
들국화 핀 작은 뜰도 섬돌도
장고방 세간도
환히 굽어보이는 저 오막집의
물동이 인 여인의
그 가녀린 허리 호젓한 뒷모습이
감빛 붉은 夕陽을 받고
물방울 훔치며 들어서는 추녀 밑

차마 몸부림쳐 털어버리고
쉽사리 헤어나올 수 없는 그 오랜 靜寂이
모올래 먼지인 양 낙엽인 양
쌓이어……

아아 이렇게
슬픔도 衣食처럼 어려우면
예서 이들은 무엇을 더불어 믿고 살랴

개도 안 짖고 이 후미진 산기슭은
인적마저 아득한데 —

감나무

길가에 돌옷 푸른 碑石이 하나 서고
가다 가다 보면 작은 돌다리 하나 놓여 있고

바람이 불면 그 돌다리 지나
담 안에 하얀 감꽃이 지는 초집이 앉아 있소.

감나무는 오뉴월 따가운 볕도 가리고
감나무는 비듣는 밤 서러운 소리를 들려주오.

감빛 같은 댕기를 드린 순이는 시집올 때
저 감나무 아래서 꽃가마를 내렸다고 말해쌓고

머언 어느 할아버지는 추운 겨울에도
술보다 홍시를 좋아하셨다는 譜冊에도 없는 얘기 —

그러기에 가을에 자주 드는 제삿날은
감을 따서 서로 함지째 담장 너머로 나누기도 하였소.

그러나 어느덧 이 감나무 마을에도 電柱는 들어서서
밤마다 밤마다 불길한 울음을 부엉이처럼 울고 있소.

비오는 祭祀

이 어둡고 비오는 밤에 찾아오신다.
발도 지루고 젖어 늘어진 옷자락 걷어쥐고 찾아오신다.

아홉 하늘 層層階를 내려와서
그 침침하고 무거운 무덤 속을 벗어나와서
잔디밭을 지나서 오솔길을 들어서 징검다리를 건너서
이승 사람들이 웅성거리고 쥐어뜯고 살고 있는 하고많은 사립
사립을 다 지나서 찾아오신다.

온갖 것이 쥐죽은 듯 고요한데
여기 그 누구도 돌보는 이 없는—그지없이 외로운 한 가족이
있어
먼지처럼 쌓인 아득한 슬픔을 그 무슨 벗을 수 없는 의복처럼 입
고 있는데
影像도 아닌 그들은 들고 나는 발자국 소리도 없고
부엌에서 달그락거리는 器皿 소리만이 빗소리에 섞이어 간간이
들려온다.
사신 날 거니시던 타작터로 접어들자
갈모 끝에 맺힌 빗방울을 씻고 집안을 기웃거리고 한식경 동정
을 살피시더니
마침내 추녀 밑으로 들어서서 房에 뫼신 祭床 앞에 가까이 나가

146

앉으신다.

　　— 지키고 선 한쌍의 촛불!

　보얗게 둥근 무리를 쓰고 그 속에 빛을 머금고 있음인지
벽에는 衣冠을 바로하는 그의 그림자도 나타나지 않는다.

　때전 옥양목 두루막에 낡은 고무신 —
못살고 가신 지난날의 그 아픈 흔적이 烙印인 양 찍히어
아아 가실 수 없는 초라한 行色!
그러나 농이 흐르며 지지직 지지직 심지를 튀기는 촛불 빛에
늠름히 흩날리는 白鬚는 서리같이 반짝인다.
향을 사르고 잔을 부어 올린다.
그 잔을 받으시다 말고 애끊는 祝소리에 귀를 기울이신다.
香爐에 오르는 연기처럼 눈앞이 흐린다.
기인 한숨 속에 감으신 눈자위로 두 줄기 눈물이 번져내린다.
드디어 도로 눈을 뜨고 고요히 자리를 이신다.

　밖에서 기다리기에 겨운 差使들은 발을 구른다.
　하마 닭이 울겠으니 동트기 전에 어서 떠나자고 성화 같은 재촉
이다.

— 비는 여전히 내린다.

떨어지지 않는 발을 떼어놓으려다 다시 돌아보신다.
差使의 부라린 눈짓은 매질보다 아픈데
그래도 발을 멈추고 꺾인 길목에 서서 다시 돌아보신다.

아아 이렇게 이승과 저승을 가로막은
그 무수한 山河와 九天의 雲霞를 넘어와서
이 億界의 一片 苦土에서 잠시 맺었던 인연의 사슬은 끊을 수 없
으신지
우장도 없이 저 굽이 잦은 머언 永劫의 길을 뵈다 숨다 사라지
는데
또 몇번이고 몇번이고 돌아보셨을꼬?

(어디선가 들려오는 닭의 울음소리……)

不安

깊은 안개를 헤치고 스르시 埠頭에 닿는 작은 船舶처럼 뜻밖에 찾아온 그 어인 낯선 친구는 이미 어디선지 꼭 한번 만난 적이 있는 것만 같은데 아무래도 잘 改得이 되지 않았다.

그러나 서로 가까이 앉아 人間과 詩를 마주 이야기하는 틈에 그를 차츰 눈익혀 보니 아아 놀라워라 그는 또한 웬일인지 세상에도 희귀한 그 어떤 金箔같이 엷은 純情과 값진 友誼를 얼굴에고 가슴에고 손발에고 燦燦한 塗料처럼 마구 칠갑을 하고 있었다.

이윽고 그는 자리를 일어 다시 작은 船舶같이 안개 깊은 거리로 사라지는데 어쩐지 免疫性 없는 체질이 격리한 避病舍로 들어가는 것처럼 나는 마음이 불안하였다.

그림자

당신은?—

언제나 내 뒤를 따라다니는 당신은 누구입니까?

당신은 누구기에 내 뒤만 이렇게 따라다니는 것입니까? 왜 대답
이 없습니까?

나의 철없는 질문이 하도 어처구니없어 말씀하실 흥미를 못 가
지십니까?

그러면 당신이 나를 따라다니는 것이 아니라 내가 당신을 따라
다니는 것일까요?

혹시 그렇다면 내가 당신의 지시를 받아 가자는 대로 복종해 가
는지도 모르겠습니다.

당신과 나와는 한번도 對座하여 서로 意思를 교환한 적이 없습
니다만

이렇게 자연히 서로 가까이 있자니까 당신이 나를 알듯이 나도
어쩌면 당신을 알 듯도 합니다.

아마 당신은 그림자…… 쉬이…… 아마 당신은 불행이란 그림
자가 아닙니까?

답답하게 당신은 왜 대답이 없습니까?

그러면 설령 아닐지라도 당신의 성함을 그림자—아니 그만 쉬

운대로 불행이라 부릅시다.

당신이 내 뒤를 따라오면 나는 오히려 마음이 든든합니다.
응당 따라오실 이가 따라오시니까 말이지요 ──
그러나 혹여 당신이 따라오시지 않으면
아니 내게 당신의 지시가 없으면 ── 나는 냉큼 불안해집니다.
더구나 오랫동안 親하던 터에 당신이 없으면
나를 또한 어떤 유혹이 노리고 있을지 모르기 때문입니다.

그런데 아니나 다를까 내 뒤를 따르는 그림자!

── 당신은 누구입니까?
아마 당신은 행복이지요? 뜻밖에 왜 당신이 내 뒤를 따르는 것
입니까?
고기를 낚는 미끼입니까? 마지막 處刑의 새벽에 베푸시는 만찬
같은 자선입니까?
희롱삼아 당신은 내 허리에 매인 줄을 풀어서 늦금을 주어보는
수작입니까?

그렇지도 않다면 ──
당신이 때로는 어린애 같아 路邊에서 한눈팔고

배암을 주무르며 약을 파는 妖術師를 잠시 들여다보는 틈에
여지껏 불행이 나를 따르듯이 당신이 따르던 그 사람을 떨구어
보내고
나를 그 사람인 줄 잘못 알고 따라오지나 않는지요?

그렇다면 모처럼 오신 당신이 정말 난 줄 알고 보면
愛情 낡은 부부처럼 곧 나를 버리고 아무 말도 없이 돌아가실 것
이 아닙니까?

설령 당신은 나한테 새로운 情을 쏟고자 해도 방금 저지른 당신
의 실수같이
또 어드메서 한눈팔던 불행이 마구 달려와서 당신의 멱살을 잡
아 한쪽으로 밀친다면?—

여보! 당신은 어쩌렵니까?

—아아 모처럼의 행복이여!
그런 일이 있기 전에 우리는 어디든지 달아납시다.
불행이 제아무리 우리 뒤를 추격해올지라도 우리 발길에 채이
던 그 障碍의 돌멩이는
도로 그를 제어하기에 有效한 팔매가 될 것이 아닙니까!

슬픈 臺詞

1막 4장이면 적당하리라. 人物은 모두 여섯쯤 아니 다섯이면 적당하리라.

그들의 本名은 지금 여기서 공개하지 않아도 만나면 알리라. 標本 A B C D E— 이것은 그들의 藝名이니라.

때는 검은 밤도 붉은 태양도 없고 肝驚風〔지랄〕도 폐결핵도 色盲도 많은 세대였다.
그러나 여기 이것은 夢遊病은 아니었다.

幕을 들면 안개처럼 몽롱한 照明이 적당하리라.

—드디어 幕이 들린다.

무대 우편에서 標本A가 나온다. 약간 놀라는 표정으로 近傍을 살펴본다. 좌편에서 標本B가 두손으로 배꼽을 쥐고 허리를 구부리고 나온다.

누가 그의 襤褸를 걸치고 빼빼 마른 그 체구를 보았더면 埃及의 미라를 연상했으리라.

나는 飢餓입니다 또한 卑屈이라고도 합니다. 당신은 나와 동무 합시다. 당신은 나를 두곤 못 갈 것입니다. 그것은 당신이 心臟이 란 慈悲의 臟器를 가진 까닭입니다. 여호와는 당신을 창조하실 때 그 어느 부분보다 가장 完成되게 새겨〔彫刻〕 넣었던 것을 나는 잘 압니다.

　—하며 그는 길을 가로막고 A를 붙잡는다.

　아닙니다. 나는 나인데 누가 나를 지었다 합니까? 내사 본시 存 在해 있었댔습니다! 그리고 나는 여기서는 잠시도 머무를 수 없습 니다. 내게 지닌 시간은 극히 짧은데도 갈 길은 아득히 멀기 때문 입니다. 그리고 또 내 뒤엔 나와 꼭 같은 形像들이 오고 있습니다. 지금 나를 놓으시고 그를 붙드심이 좋으리라.

　그러나 標本B는 가려는 그의 앞에서 더욱 괴로워한다.

　이때 스틱을 짚고 또 좌편에서 標本C가 나온다. 標本B는 그제서 야 눈짓으로 暗示하고 물러간다.

　그 옷차림은 斑馬처럼 아롱지고 검은 색안경을 쓴 그를 누가 보 았더면 아마 스파이의 風采와 방불하다 하였으리라.

나는 詐欺입니다. 일명 僞善이라고도 합니다. 당신은 나와 벗하
지 않으면 나를 당신의 종교로 받들지 않으면 이 길은 갈 수 없습
니다. 이미 당신에겐 悔改가 있으므로 내 음성을 들어줄 귀를 가졌
음을 나는 압니다. 당신이 아무리 떼를 써도 나는 벌써 알고 있습
니다. 당신은 에덴에서 爬虫과 더불어 禁한 과일을 따먹은 그들의
후예임이 틀림없습니다.

　— 하며 그는 A의 앞에 다가서며 길을 막는다.

　아닙니다. 나는 그런 族譜를 가진 적이 없습니다. 그리고 여보시
오! 종교란 原始生活의 한 잔해가 아닐까요? 나는 도저히 당신을
信仰할 수 없습니다. 나는 가장 짧은 시간에 먼 길을 가야 합니다.
여보시오! 또 지금 내 뒤에는 나와 꼭 같은 形象들이 옵니다. 오래
머무시면 시장기도 돌겠습니다. 나를 빨리 놓으시고 그를 붙드심
이 좋으리다.

　그러나 標本C는 벌써 다른 聖經을 꺼내들고 다시 설교를 시험
하려 한다.

　이번엔 야릇한 웃음을 띤 標本D가 역시 좌편에서 나온다. 그제
서야 標本C는 눈짓으로 暗號하고 물러간다.
　누가 그의 육체의 온 曲線이 그대로 드러나는 빤작이는 얇은 衣

裳과 푸른 눈초리와 핏빛 같은 그 입술을 보았더면 그는 응당 스스로의 그 潛在했던 발발한 動物性에 놀랐으리라.

　나는 淫慾입니다. 혹은 妖邪라고도 합니다. 聖書엔 당신을 흙으로 지었다지만 당신의 신경은 視 聽 臭 觸 味의 五感을 가진 신비가 있음을 나는 잘 압니다. 저 不夜의 휘황한 네온 밑으로 가십시다. 거기는 薰薰히 타오르는 妖艷의 노래와 아름다운 망각의 술잔이 기다리고 있습니다. 오오 꿈같이 아름다운 망각이여! 당신은 나와 함께 가야 합니다. 가서 취해야 합니다. 짐짓 이 길은 망각이 없이는 갈 수 없는 길입니다.
　—하며 그는 길을 막고 A의 손을 잡는다.

　아아 괴로워라. 그대들은 어이하여 무슨 因果로 내 앞에서만 이렇게들 誕生하였느뇨! 아아 여보시오! 나도 모르는 이 신비로운 不可解의 육신을 거리 샅샅이 해부할 수 있는 메스는 일찍이 아무도 아무도 가진 적이 없었소! 망각이란 결코 시간이 되지는 않을 것입니다……여보시오! 사랑하는 그대여! 내 뒤에 나와 같은 形象이 옵니다. 나는 그의 複寫요 模造임을 그대는 아직 모릅니까? 지금 나를 놓으시오. 그리고 그를 빨리 붙들어야 할 것 아닙니까?

　그래도 標本D는 다시 새로운 표정을 짓고 다른 교태를 보인다.

이번은 네번째다. 이번에도 역시 입을 다문 標本E는 좌편으로부터 뛰어나온다. 標本D는 그제야 눈짓으로 暗號하고 물러간다.

누구나 그 피로 염색한 붉은 갑옷과 불이 흐르는 눈방울과 번득이는 칼을 든 그를 보았더면 벌써 肝膽이 제자리에 없었으리라.

나는 怨望이로다. 나는 咀呪로다. 이제 너희 웃음과 눈물은 내가 다 알 바 무엇이랴! 내 앞에서는 일찍이 아무 戰爭도 平和도 없었느니라. 나는 바늘귀처럼 순간에다 영원을 꿰고 사느니라. 그리고 이미 오늘의 내 역사에는 너의 絶壁에 걸린 鐵鎖를 끊으라는 事實이 벌써 기록되어 있었느니라!
──하며 그는 허공에 푸른 무지개를 그리며 가졌던 칼을 높이 들었다.

A는 그의 칼날 아래 기절하다 비둘기처럼 吐血하고 아아 끝없는 鄕愁를 안고 그 자리에 쓰러지다.

照明은 아름다운 永遠의 황혼으로 비쳐주다. 어디서 구슬픈 挽歌가 들려오다.

먼저 장면에서 물러간 배역들이 다시 등장한다. 그들은 E의 그 計策과 武勇을 칭송하며 그 旅人의 시체를 에워싸고 큰 소리로 웃는다.

막이 내리고 종이 울다.
아아 크나큰 終焉의 종이로다.

막 뒤에는 끝없는 靜寂이 흐를 뿐…… 분장실로 서둘러 가야 할 배역들의 발자국 소리는 다시 들리지 않았다.

— 저 무대의 裝置를 뜯는 망치 소리와 은은히 들려오는 挽歌의 구슬픈 가락과 저 終焉의 크나큰 인경 소리는 다시금 새 무대를 달리 꾸미는 役軍들의 목도 소리로 평화와 환희의 旋律로 해방과 자유의 종소리로 들리었다.
오오 이것만은 진실로 이것만은 착각이 아니기를 바라노라.

—끝—

158

석류꽃

동시집   현대사 · 1952

구름 한송이

외양간에서
첨으로 송아지가 나왔다.
어줍은 걸음으로 강가로 나왔다.
엄마 될 따라서 ─

엄마가 풀을 먹는다.
송아지도 고갤 숙이고,
그만 풀잎을 풀잎을 씹어본다.

풀꽃 위에 나비 한마리
앉으려다 앉으려다 저만치 날아간다.
송아지도 나비를 따라간다.

나비는 강을 건너
멀리멀리 춤추며 날아간다.
송아지 ─ 저는 그때사 첨으로
강을 건너지 못할 줄 알아챈다.

강가에 서서
송아지는 나비를 불러본다.
나비는 나비는 간 곳 없고
머언 하늘에 구름만 한송이……

개구리

깰깰 꼴꼴
개구리
울보 개구리.

연잎 위에
웅크리고
겁이 났고나.

앞가슴
벌룩벌룩
겁이 났고나.

두 눈깔
오꼼 뜨고
겁이 났고나.

눈이 크면
겁쟁이
눈보 개구리.

염소

염소! 하얀 염소 넌
풀잎이 쓰지두 않니?
그 파아란 풀잎을 먹구
털빛이 어째 하얗니?

염소! 하얀 염소 넌
언제 이리 수염이 났니?
나이두 몇살 안되면서
수염이 왜 그리 하얗니?

집 없는 나비

나비 나비
노랑나비
집 없는 나비,

노랑 날개
비가 오면
어롱지지요.

나비 나비
노랑나빈
집이 없어도,

꽃 속에서
달디단
꿀을 먹고요,

꽃 속에서
꼬오박
잠이 들어요.

노랑 수염

오그리고
잠이 들어도,

비가 오면
노랑나비
꿈을 깨고요,

비가 오면
오동잎을
찾아간대요.

오동나무
파랑 우산
오동잎 우산,

가랑비
소낙비도
젖지 않아요.

나비 날개

아가 나오너라.
아장아장
꽃밭 속에 앉아
노래하자.

하양나비 날개
공책 날개.
점 찍힌 점나빈
창가책 날개.

호랑나비 날개
그림책 날개.
폈다 오므리는
그림책 날개.

아가 나오너라.
사푼 사푼
꽃밭 속에 앉아
공부하자.

송아지

엄마 젖을 떨어져
읍내 장으로
송아지가 비를 맞고
팔리러 간다.

엄마 소는 앞냇벌
들일 나가고,
엄마도 없는 틈에
팔리러 간다.

굽이 잦은 산길로
비가 오는데
엄메 엄메 부르며
팔리러 간다.

쌍둥 강아지

강아지 강아지
네 쌍둥이 강아지.

엄마 닮은 노랑 강아지
풋감 한 접에 바꾸고,
감둥 강아지 복 강아지
메밀묵 한 모에 바꾸고,

　강아지 엄마 노랑이
　끙끙 울고 앉았다.

강아지 강아지
네 쌍둥이 강아지.

하양 강아지 쌀 강아지
좁쌀 한 되에 바꾸고,
비리 오른 얼룩 강아지
개떡 한 개에 바꾸고,

　강아지 엄마 노랑이
　혼자 앓고 누웠다.

눈과 토끼

눈오는 아침에
하얀 토끼가
촐래 촐래 눈을 밟고
들에 나왔네.

하얀 들은 끝없고
날이 저물어,
두 귀를 포개고
잠이 들었네.

잠을 한숨 자다가
꿈을 깨보니
둥근 달 하얀 달이
비치고 있네.

달밝은 밤중이라
하얀 토끼는
깡쭝춤 깡쭝 깡쭝
추고 있었네.

그림자

어느날 토끼는 이렇게 소롯이 낮잠이 들었더라

진달래꽃 곁에
그림자 하나,
무엔지 새하얀
그림자 하나.

바람도 잠자는
꽃그늘 속에
두 귀가 쫑긋한
그림자 하나.

포도알 새빨간
두 눈을 뜨고,
부스스 일어난
그림자 하나.

가까이 가보면
꽃구름 속에
어딘지 사라진
그림자 하나.

봉숫골*

옛날도 그 옛날
봉숫골에는
봉수지기 영감님
혼자 살았네.

낮이면 더덕 캐어
볕에 말리고,
달이 밝은 밤이면
피리나 불고.

인적 없는 봉숫골
범이 울어도
봉수지기 영감님
혼자 살았네.

* 봉수(烽燧)가 있는 동네 이름. 옛날 높은 산봉우리마다 대(臺)를 모아 나라
  에 위급한 일이 일어나면 이 산에서 저 산으로 낮에는 연기를 피우고, 밤에
  는 불을 놓아 서울에까지 그 급보를 알렸다.

우닥 방망이*

옛날 전전 애기 속에
이상한 방망이
우닥 방망이.

금송아지 나오라면
금송아지 나오고,
은꾸러미 쌓이라면
은꾸러미 쌓이고.

기와집이 나오라면
기와집이 나오고,
옹당샘이 솟으라면
옹당샘이 소웃고.

옛날 전전 애기 속에
이상한 방망이
우닥 방망이.

* 옛날 전설에는 두드리면 마음대로 되는 방망이가 있다고 한다.

마늘각시

마늘각시 비당캐각시[*]
꽃가마 타고 나오너라.

호박초롱 불 밝혀 들고
판데목^{**} 다리로 건너가자.

통영은 통제사^{***} 살던 고을
자개판 장롱이 이름난 곳.

마늘각시 비당캐각시
꽃당혜 신고 나오너라.

발 아프면 신 벗어 들고
명정골 주전골 찾아가자.

통영은 통제사 살던 고을
무시도^{****} 장날로 이름난 곳.

* 마늘각시, 비당캐각시는 마늘이나 비당캐라는 풀잎으로 만든 인형을 말함.
** 임진난에 쫓겨가던 적군이 여수 쪽으로 도망하려고 막힌 목을 파낸 곳. 판
  데목 저쪽엔 그들이 떼죽음을 당했다는 송장나루가 있다. 지금은 이곳에

운하가 트이고 물 밑에는 동양에서 최초로 지었다는 해저 터널이 있다.
*** 옛날 삼도수군을 통제하던 벼슬 이름. 통영은 그 통제사의 영문(營門)이
  란 데서, 판데목은 파낸 곳이란 뜻에서, 송장나루는 적군의 시체가 떠다녔
  다는 데서 유래한 지명들이다.
**** 장이 서지 않는 무싯날도.

할만네*

이월달은 할만네
오신답네다.
초성께라 저녁은
달도 없는데 —

팔모초롱 색초롱
초롱불 켜고,
물 긷는 누나 앞을
밝혀줍네다.

이월달은 할만네
가신답네다.
그믐께라 바람이
몹시 불 텐데 —

성아** 떠난 뱃길은
잠잠하구요,
누나들 바느질도
솜씨납네다.

* 앞대(남쪽) 머언 갱변(해안)으론 해마다 음력 2월이면 몹시 바람이 분다. 바다를 의지하고 사는 순박하고 가난한 어민들이 그 두려운 바람을 풍신(風神)으로 섬겨 부르는 이름이다. 아득히 씨족의 세상이 부족의 시대로 옮아오면서 지배 계급이 생기고 또 조왕(竈王) 용왕(龍王) 제석(帝釋)이란 존엄한 신이 생겼으나 풍신만은 원시의 샤머니즘을 그대로 간직한 '할마니'란 이름으로 부르는 것에서 가족적 친애를 엿볼 수 있다. 그리고 이 할머니께 정화수를 떠놓고 빌면 처녀들 바느질이 늘고 좋은 곳에 혼담이 트인다고들 한다.

** 언니의 사투리.

삼짇날

삼월이라 삼짇날
돌아오면
청제비 박씨 물고
찾아옵니다.

지붕에 하얀 박꽃
수줍게 피고,
해마다 박이 주렁
열린답니다.

삼월이라 삼짇날
돌아오면
그 옛날 흥부님이
생각납니다.

흥부님 고운 맘씨
박을 맺어서
집집이 복을 담아
열린답니다.

삐비*

장골산 달롱개산**
삐비 뽑으러 가자.
장골산 달롱개산
삐비 뽑으러 가자.

삐비 삐비 뽑아서
손에 손에 쥐고.
손에도 한줌 차거든
옷고름에 대롱대롱 달고 오자.

옷고름에 옷고름에
달고 오다가,
토끼처럼 깡충깡충
징검다리 건너오다가,

옷고름 옷고름 풀어질라.

* 풀잎 속에 있는 심을 까서 먹는 것. 피비, 피기, 필기.
** 아이들이 저희끼리 이웃 친구의 이름처럼 익혀 부르던 산 이름. 저자의 향
   리(鄕里)에 있음.

동백꽃

집보기가 겨우면
명정골* 가요,
빨래 한통 다 씻었나
엄마 찾아서 ―

명정골은 동백꽃
빨간 동백꽃,
바람도 없는데요
지고 맙니다.

사립문 닫아놓고
명정골 가요.
침 바르고** 갔다올게
있으랬는데

엄마 몰래 빨래터
넘어다 보고,
동백꽃 줍고 놀며
기다립니다.

* 명정리(明井里). 통영 서문 밖, 충무공 사당을 모신 마을. 사당 앞에 늘어선 고목엔 겨울에도 동백꽃이 빨갛게 핀다. 그리고 드높은 홍살문 아래엔 어떠한 가물에도 마르지 않는 샘이 솟고 있다.

** 어머니나 할머니를 따라가려는 아이들을 달래어 손가락에 침이나 물을 찍어 마루끝 같은 데 발라놓고 그것이 마르기 전에 다녀올 것을 다짐하는 즐거운 놀이.

석류꽃 환한 길

눈을 감으면—
길이 있다.
놀빛 젖은 길이 있다.

가다가
푸른 그늘이 밟히고,
개울 소리 가까운 길이 있다.

담장 위에 턱을 고인 채
길가로 벋어난 석류나무,
그 집 뜰 안에
처녀로 늙는 누나가 있다.

눈을 감으면—
길이 있다.
석류꽃 환한 길이 있다.

포구*

익은 포구 빨강 포구
요쪽 갯줌치 넣고,

선 포구 파랑 포구
조쪽 갯줌치 넣고,

빨강 포구는 톡톡톡.
입에다 넣고서 톡톡톡.

파랑 포구는 빵빵빵.
포구총 따기총** 빵빵빵.

* 큰 낙엽교목에서 열리는 콩낱보다 작은 열매.
** 딱총의 사투리.

귀잡기

"잡을 귀가?
놓을 귀가?"

"놓을 귀!"

"놀놀놀 놀놀놀
노을빛이 고웁다."

"잡을 귀가?
놓을 귀가?"

"잡을 귀!"

"자불자불 자불자불
자부름이 오온다."

웃음

하하 하하 웃는 소리
누구의 웃음

호호 호호 웃는 소리
누구의 웃음

참아도 참아도 못 참는 웃음
키킥 키킥 웃는 웃음

속눈썹 생긋이 웃는 웃음
누구의 웃음

앞니빨 빵긋이 웃는 웃음
누구의 웃음

생긋 빵긋 웃는 그 웃음
소리도 소리도 없는 웃음

베개

아빠 아빠 베개
수복침 베개
엄마 엄마 베개
원앙침 베개

누나 누나 베개
쌍왓자 베개
작은 누나 베개
모란꽃 베개

우리 아기 베개
엄마 팔베개
젖꼭지 입에 닿는
엄마 팔베개

꿈*

저녁밥을 먹고서 잠을 자니까
이상한 별세상이 있었습니다.

한발 두발 걸어서 산길 가는데
난데없는 키보양반 도카비양반

그 양반이 나를 잡고 씨름하자고
내 멱살 움켜쥐고 메꾸어칠 때

깜짝 놀라 눈을 뜨니 꿈이었지요.
앞이마를 만져보니 땀이 흘렀죠.

저녁밥을 먹고서 잠을 자니까
이상한 별세상이 있었습니다.

* 이 서투른 노래는 저자가 12세 때에 지은 것으로 지난날 다니던 보성학교
  교지 『여황(艅艎)의 록(綠)』에 실렸음.

새알심

알심 알심 알심
팥죽 속에 새알심.

새알 같은 새알심
동지 팥죽에 새알심.

동지 팥죽을 먹으면
나이 한살 더 먹고,

새알심 하나 먹으면
새알만큼 더 큰다.

새알 새알 새알
새알 같은 새알심.

쪽밤

밤을 구워라 군밤이 되게,
군밤을 까라 알밤이 되게,

알밤을 까서 너 하나 먹고
알밤을 까서 나 하나 먹고
쪽밤이 나오거든 노나먹자.

옛날 옛날 어느 동네서
말 안 듣고 욕심 많은 아이가 있어
쪽밤을 쪽밤을 저 혼자 먹고
하루 아침 자고 나서 만져보니,

엉덩이엔 외뿔이 나고
궁둥이엔 쫑긋이 나서
앉으면 배긴다고 울고 갔단다.
누워도 배긴다고 울고 갔단다.

우리도 쫑긋 날라 노나먹고
뭐든지 쪽밤같이 노나먹고
까마득한 옛날을 생각하자.
까마득한 그 옛날 생각하면 —

대추 한갤 노나먹고
콩 한낱 요기하던
그 옛날 그 맘씨 그리웁다.

힘이 한옴큼

그 힘은 앞날 우리들이 다시 일어날 큰 힘이 될게다

어느날 아기가
빈 주먹을 꼬옥 쥐고 물었습니다.
꼼지꼼지 이 속에
뭐가 뭐가 들었냐고 물었습니다.

골무가 하나 들었지
단추가 하나 들었지
앵두 한개 들었지
개암 한톨 들었지
그도 그도 아니면
빈껍데기 빈껍데기 틀림없겠지,

엄마는 엄마대로
아빠는 아빠대로 말했습니다.
언니는 언니대로
누나는 누나대로 말했습니다.

여보시오 여보시오
누구 말이 그중에 맞았습니까?

그 속에는

꼼지꼼지 힘이 한옴큼!
꼬옥 꼬옥 쥐어져 있었습니다.
아무도 모르는 힘이 한옴큼!

진신 짓는 영감님

진신* 짓는 영감님
　신을 깁다가,
왼 눈에 복사마귀
　녹두 사마귀,
파리가 날아오면
　눈을 꺼엄적.

　이약책 한줄 보고
　　징 하나 박고,
　엽담배 한대 피고
　　신골을 치고.

진신 짓는 영감님
　신을 깁다가,
쭈그러진 대추코
　빨간 대추코,
콧잔등에 돋보기
　코가 씨일룩.

　신 한짝 뻠어보고
　　겨냥을 보고,

마저 한짝 뻠어보고

　신골을 치고.

* 진날 신기 위하여 가죽을 기름에 절여 만든 신. 고무신이 생기기 전에는 이
  것을 신었었다.

착한 어린이

기어드는 초막집
토방에 자고,
도톨밥 씨락국도
먹으면 삭고.

개똥밭에 개똥같이
딩굴고 놀고,
자갈밭에 차돌같이
여물어가는,
우리는 우리 고장
착한 어린이.

박쪼각 사금파리
장난감 하고,
맨발에 웃통 벗고
소꿉질 하고.

말똥밭에 말똥같이
딩굴고 놀고,
뽈동나무 뽈동*같이
여물이 드는,

우리는 우리 고장
착한 어린이.

*구기자보다 둥글고 앵두보다 조금 작은, 낙엽관목에서 열리는 열매. 맛이
  달고 약간 새콤하다.

배애배 코초야*

배애배 코초야
오줌싸기 배애배

불장난 하고 자면
오줌 싼다.
불장난 꿈을 꾸며
오줌 싼다.

배애배 코초야
오줌싸기 배애배

오줌 싸면 키 쓰고
소금 얻자.
주개 뺨을 맞으며
소금 얻자.**

* 아이들이 서로 장난삼아 놀려주는 소리.
** 4연에 보인 키와 주개(주걱)는 재미있는 이 땅 고유의 민속이다.

보슬비

보슬 보슬 보슬
　보슬비 오면
종달 종달 종다리
　날아오라고
파릇 파릇 보리싹
　싹이 나지요.

가랑 가랑 가랑
　가랑비 오면
꾀꼴 꾀꼴 꾀꼬리
　노래하라고
노릇 노릇 버들 눈
　눈을 뜨지요.

종달 종달 종달
　종다리 날면
꾀꼴 꾀꼴 꾀꼬리
　노래 부르고
헐벗은 이 동산에
　봄이 오지요.

햇빛과 아기

따스한 햇빛이
마루 위에 비칩니다.
아기가 햇빛을
빨래처럼 주무르고 앉았습니다.

장독간 울타리에
제비가 앉아 놉니다.
자줏빛 목덜미로
저리 햇빛을 마구 휘졌습니다.

따스한 햇빛이
아기 눈에 부십니다.
아기는 햇빛을
한아름 꼬옥 안고 있습니다.

제비*

전봇줄에 나란히
제비 세 마리,

햇빛이 따사로이
목에 감기면,

우리 고장 좋아라
노래합니다.

전봇줄에 나란히
제비 세 마리,

바람이 향그로이
깃을 스치면,

강남보다 좋아라
춤을 춥니다.

* 저자가 14세 때 지음.

198

참새와 아기

장마 뒤에
장독 뚜껑마다 빗물이 고이고
꽃잎이 나비처럼 날아오는 날 —

아기 혼자
마루에 나앉아 집을 보는데요
그런데 어디선지
참새 한마리 찾아와서
빗물을 모이처럼 찍어먹더래요.

목이 마르던 참새 —
어찌나 어찌나 고마웠든지
물 한모금 마시고
아기 한번 쳐다보고
물 한모금 마시고
아기 한번 쳐다보고

목을 축이고 난 참새는
짹짹짹 찍찍찍
짤막한 이야길 한자리 하고
푸울……
어디론지 울 너머로 날아갔대요.

석류꽃

우리 집 울타리
빨간 석류꽃
파아란 하늘 밑
빨간 석류꽃

비 개인 뜰 위에
석류꽃 하나
울 밖에도 떨어진
석류꽃 하나

나뭇가지 꽂으면
곰방대 되고
나뭇가지 꽂으면
꽃비녀 되고

감꽃

바늘쌈을 찾아서
바늘 하나 뽑고,
실꾸리도 내어서
실 한 바람 풀고,

쥐도 새도 몰래
뒤안으로 가자.
양쪽 손에 노나 쥐고
뒤안으로 가자.

뒤안에 떨어지는
하아얀 감꽃,
소리없이 떨어지는
하아얀 감꽃,

감꽃 감꽃 주워서
꿰미 꿰미 꿰자.
밟지 말고 주워서
꿰미 꿰미 꿰자.

적은 꿰미 한 꿰미

조롱조롱 꿰어서
도래하는 아기 목에
꽃목걸이 해주자.

많은 꿰미 한 꿰미
주렁주렁 꿰어서
아기 엄마 하얀 목에
꽃목걸이 해주자.

박

앞집 지붕 위에서
박이 세 덩이 낮잠 잔다.

한 덩이는
물바가지가 되는 꿈을 꾸고,

한 덩이는
술쪽박이 되는 꿈을 꾸고,

한 덩이는
한 덩이는
오줌바가지가 되는 꿈을 꾸고,

앞집 지붕 위에서
박이 세 덩이 낮잠 잔다.

포도

장독간 포도나무에
조롱 조오롱,
청포도 한 꼬투리
조롱 조오롱.

아무도 못 따도록
지켜 앉았지.
파랑새도 못 쪼도록
지켜 앉았지.

설익어서 따먹으면
다시 안 열지,
한 알만 따먹어도
다시 안 열지.

새금새금 익거든
섬에 따오자.
적어도 많은 듯이
섬에 따오자.

그래야 내년에는

섬으로 한 섬,

해마다 주렁주렁

많이 열리지.

　* 붙임: 여기 씌어진 바와 같이 과일이 처음으로 열리는 어린 나무는 그 열매를 함부로 따지 않고, 잘 익기를 기다려서 아이들로 하여금 큰 섬(그릇)에다 따서 담게 하면 반드시 그 다음해 그 다음 다음해에는 차츰 더 많이 열린다고 한다.

　그리고 또 과일이 해거리로 여는 연륜이 오랜 나무는 동네 아이들을 그 주변에 둘러세우고, 꼬부랑 할머니가 도끼를 들고 나무의 발목쯤을 찍으려는 시늉을 한다. 그러면 아이들은 나무를 대신하여 할머니 팔목에 과일처럼 졸망졸망 매달리며 명년에는 아무리 가물고, 바람이 불고, 벌레가 엉기어도, 즉 한재(旱災), 풍재(風災), 충재(蟲災), 그 밖에 어떠한 환난이 닥쳐도 잘 견디어서 가지마다 휘도록 많이 열리겠다고 갖은 사설(辭說)을 섞어가며 언약한다. 그래도 할머니는 한번에 들어주지 않고 두번 세번 다짐받다가 드디어 슬그머니 놓아준다. 그러면 그 다음해에는 꼭 이 언약대로 과일이 많이 열린다고 한다.

　우리 조상들은 이렇게 자연의 예사로운 현상마저 귀중히 빌려다가 우화와 같은 극적 장면을 연출하여 어린 아이들과 더불어 함께 꿈꾸고, 함께 노닐며 아름다운 성품을 길러왔다.

　벗들이여! 슬프지 않은가? 이 습속(習俗) 전래의 연대와 그 동심 발로의 연원이 실로 까마득할 것을 느끼게 하거니와 오늘날 우리의 이 슬픈 정상(情狀)을 생각하면 절로 눈물겹다.

호롱불

산 너머
별이 하나
흘렀습니다.

찔레꽃
새하얀
저문 들길에,

아가엄마
종종걸음
길이 바쁜데,

가도 가도
멀어가는
개구리 울음.

호롱불에
마을은
깜박입니다.

외갓집

외갓집은 산 너머
늘어진 들길.

꼬불꼬불 산 너머
길이 멀어도,

길섶에는 민들레
꽃이 피는데,

민들레 헤고 가면
이내 갑니다.

산울림

개울에 송사리 노는
봄날이었지요.
길가에 민들레 피는
봄날이었지요.

나는 나비를 쫓아
나왔댔습니다.
아지랑이를 찾아
나왔댔습니다.

마을을 지나
들을 지나
산으로 산으로 들어가서
날은 저물고
갈 길은 멀고……

나는 그대로
산울림이 되었댔습니다.

지금도 부르면
나의 목소리,

지금도 찾으면
나의 목소리.

멀리서 멀리서
마주 부르는
그날도 오늘 같은
아아 나의 목소리……

봄
어느 어머니의 노래

소쩍새야 울지 마,
소쩍새야 울지 마.

악아버님 오시기 전에
진달래꽃 피일라.

진달래야 피지 마,
진달래야 피지 마.

울애긴 봄을 타는데
긴긴 해를 어쩌누.

숲보담 들보담

숲보담 들보담 아름다운
저녁 놀은 얼마나 곱습니까?
— 우리 엄마 얼굴은 어쩌고요.

잠보담 꿈보담 아름다운
시냇물은 얼마나 맑습니까?
— 우리 엄마 목소린 어쩌고요.

달보담 별보담 아름다운
무지개는 얼마나 곱습니까?
— 우리 애기 얼굴은 어쩌고요.

꽃보담 새보담 아름다운
은하물은 얼마나 맑습니까?
— 우리 애기 목소린 어쩌고요.

아기 무덤*

아기가 처음 세상에 태어나던 날,
그의 아빠는 옥중에서 모진 형벌을 겪었고,
또 아기가 차츰 자라 한창 귀염을 부릴 때
그의 아빠는 그 끝으로 몸을 못 쓰고 어느 병원에 입원하였고,
그리고 아기가 마지막 숨을 지우던 밤엔
그의 아빠는 다시 피신하여 숨어다녔다

우리 아기
고운 아기
자는 무덤은 ―

푸른 잔디
금잔디
곱게 깔리고
다복솔도 동무 짠
동그란 무덤.

아기 혼자
외롭기로
무덤 위에는,
할미꽃 한송이
피어 있지요.

우리 아기

고운 아기
쉬는 무덤은—

오리나무
숲속으로
길이 열리고,
시냇물도 흘러가는
금잔디 무덤.

밤이면
아기 혼자
울고 있는지,
이슬방울 풀잎에
젖어 있지요.

우리 아기
고운 아기
노는 무덤은—

호랑나비
흰 나비

앉았다 가고,
종달새도 노래하는
양달쪽 무덤.

이봄 한철
다 지나고
겨울이 오면,
소복눈이 내려와서
덮어주지요.

* 이 노래는 저자의 두번째 시집 『고원의 곡』에 실린 「금잔디 지붕 2」의 한
  부분으로 들어가 있음.

깜박 깜박

깜박 깜박
해돋는 아침 바다
흰돛 하나 깜박 깜박

깜박 깜박
초저녁 하늘 끝에
은별 하나 깜박 깜박

깜박 깜박
깊은 밤 산기슭에
호롱 하나 깜박 깜박

안개 낀 항구

안개 낀 항구에
등불 하나,
안개에 젖어서
멀리 보이네.

등불은 떡국집
유리 호얏불,
뱃사람 혼자서
떡국을 먹네.

뚜우우……

어디서 떠나가는
뱃고동 소리,
안개에 잠겨서
멀리 들리네.

망아지

바깥엔 함박눈 내리고
밤은 깊어 이슥한데,
마굿간에 망아지는 땅을 파고
무엇이 분한지 발을 구릅니다.

— 어머님 들어봐요.

망아지도 어머님처럼
잠을 못 이루나 봅니다.
목에 채운 방울소리 구슬피
머리를 흔들며 실랑이를 합니다.

— 어머님 가만히 들어봐요.

아닌 밤 눈보라 속에
바람은 울고 가고,
마굿간에 망아지도 저렇게
무엇이 서러운지 목메어 웁니다.

— 아아 어머님 들어봐요.

새벽

그렇게도 캄캄하던 칠 같은 밤은
새까만 비단옷을 벗어들고
머나먼 밤나라로 이른 새벽에
아이들을 재워놓고 돌아갑니다.
　　그렇게도 캄캄하게 어둡던 밤은 ―

저렇게도 훤하게 새는 아침은
황금빛 부채로 낯을 가리고
저희 나라 먼 곳에서 이른 새벽에
아이들을 깨우려고 찾아옵니다.
　　저렇게도 훤하게 밝은 아침은 ―

하늘가에 스러지던 어린 별들이
숲속에서 눈을 뜨고 봤답니다.
다시 찾아오겠다고 밤과 아침은
입맞추며 귓속말로 속삭인 것을 ―
　　숲속에서 새벽별은 들었답니다.

물과 구름

엎질러진 물이 김이 되어
하늘로 하늘로 올라가서
한송이 구름이 되었지요.

구름은 옹달샘에
옛날 동무들 그리워서
가랑비가 되어 내렸지요.

가랑비는 숲속으로
노래를 부르고 흐르다가
옹달샘으로 솟았지요.

옹달샘은 거울이 되어
나뭇잎 새로 내다보는
흰 구름 그림자를 비추었지요.

젖꼭지

캄캄한 밤이라도
캄캄한 밤이라도
가만히 더듬으면
― 만져지는 것

한잠이 오다가도
한잠이 오다가도
살포시 만져지면
― 눈이 띄는 것

연필

새빨간 연필이
필통 안에서
숨소리도 없이
잠이 들었네.
　한나절 글씨 쓰던
　꿈을 꾸면서 —

머리에 다 낡은
은모자 쓰고,
몸에는 살이 나온
헌 옷을 입고,
　작은 칼 옆에서
　의좋게 자네.

새빨간 연필이
필통 안에서
숨소리도 없이
잠이 들었네.
　내일도 공부할
　꿈을 꾸면서 —

* 저자가 14세 때 지음.

노리개

깊은 산 숲속에 연둣빛 열매,
반딧불 보오얀 호박꽃 초롱,
— 이건 말이지
　　농사지기 시골서 크는 아기
　　엄마를 기다리는 노리개란다.

바닷물에 돋아나는 새빨간 산호,
조개 품에 잠자는 동그란 진주,
— 이건 말이지
　　고기잡이 시골서 사는 아기
　　아빠를 생각하는 노리개란다.

시골에선 못 보던 세발 자전거,
시골에선 못 듣던 꼬마 손풍금,
— 이건 말이지
　　먼지 깊은 서울서 노는 아기
　　가져도 짜증나는 노리개란다.

무엇을 생각할 때는

눈을 사르르 감지요.
머리카락이 마구 헝클린 채
고개 수그리고 눈을 사르르 감지요.
　엄마가 무엇을 생각할 때는 —

머언 산을 가만히 바라보지요.
파아란 담배 연기 속으로
흐리는 머언 산을 바라보지요.
　아빠가 무엇을 생각할 때는 —

살포시 휘파람을 불지요.
두손으로 턱을 괴고
추녀 끝에 걸린 구름을 내다보지요.
　언니가 무엇을 생각할 때는 —

초롱초롱 눈을 깜작이지요.
젖꼭도 노리개도 잊어버리고
등잔불 밑에서 눈을 깜작이지요.
　아기가 무엇을 생각할 때는 —

산골

이 시를 8·15 이후 처음 발표된
그의 유작에서 만나게 된 시인 고 윤동주의
영전에 삼가 바친다.

진달래 꽃피는
산골
어디서 울었다.
뻐꾸기

흰구름 머흐는
산골짝
혼자서 흐른다.
실개울

아무도 못 오는
산골짝
멀리서 울었다.
솔바람

224

3·1절*

만세를 부르면
잡아간다고
입속으로 만세를
불러왔었네.

속옷 안에 꿰어맨
오랜 태극기
만져보면 가슴을
덮고 있었네.

* 해방 다음해의 3월 1일.

문패

해방된 그 다음날
문패를 떼고
우리 이름 옛이름
써서 붙였다.

앞집에도 새 문패
하얀 새 문패
뒷집에도 새 문패
갈아 붙였다.

그리운 우리 이름
다시 부르자.
정다운 옛이름도
귀에 설고나.

딸기

꼬부라진 골목길
구멍가게 하나
산딸기 두 무더기
놓여 있었다.

다박머리 애가
한 무더기 사가고
한 무더긴 그대로
놓여 있었다.

일본서 돌아온
귀환동포 애가
구멍가게 옆에서
보고 있었다.

눈오는 아침

눈오는 아침
대문 밖에서
서투른 말씨로
무얼 달라나.

일본서 혼자 나온
어린 소녀가
가랑눈 맞고 서서
무얼 달라나.

보자기에 무엔지
얻어 들고서
눈 속으로
머얼리 사라지는데.

돌아선 어깨 뒤에
눈이 내린다.
단발머리 뒤에도
눈이 내린다.

꽃과 구름
상이군인 X에게

누나! 잠시 일손을 멈추고,
이걸 좀 봐요.

이렇게 활짝 핀 채송화꽃은
이렇게 향기 짙은 채송화꽃은

그날 그 아저씨 가슴에 찍혔던
선지피 생채기같이 새빨갛게 피어났구면.

 ─ 누나 어서 이리 좀 돌아봐요!

누나! 들창을 열고 내다봐요.
저걸 좀 내다봐요.

저렇게 솜같이 피어나는 구름을
저렇게 돛대같이 흘러가는 구름을

그날 그 아저씨 몸에 두르셨던
새하얀 무명 옷자락같이 하얗게 나부끼구면.

 ─ 누나 어서 좀 뛰어와서 내다봐요!

아침

피다 남은
국화 옆에 서리는 짙고
아침 뜨락은
그리 춥지도 아니한데
오시시 떨린다.

구들목에 손을 짚으면
옛애기 듣는 듯
혼자서 다가앉아
절로 어깨가 숙여진다.

건너편 논 가에
오리떼 날아놀고
다소곳이 엎드린 초집마다
그래도 아직 연기는 오른다.

오늘 아침은 유달리
마음 깃처럼 부드러운데
나 여지껏
만나도 외면하던 벗을 찾아
먼저 말을 걸고 싶다.

석류빛 노을

사람도 드문 머나먼 길을
혼자 물어서 물어서 찾아오니
우리 집은 그날 사립문 닫힌 채 그대로 있네.

풀이 죽은 어머니 행주치마도
저기 말없이 걸려 있고,
우물가에 두레박도 놓인 그냥 가만히 놓여 있네.

그러나 축담 섬돌 위엔
누나랑, 아빠랑, 또 우리 언니랑,
쌍나란히 그 눈익은 신발들 보이지 않네.

지금 뒷비탈 숲속엔
그전에 울던 산비둘기도 울어쌓고,
머언 가을 하늘 석류빛 놀도 곱게 타는데……

衣裳

현대사 · 1953

窓 1

환한 배추꽃
환히 푸른 하늘

털채를 들고 灑掃하던 그 女人의 행주치마는 문득 반원으로 작
은 수면을 이루며 돌아선다.

문살 겹쳐진 수직으로 투명한 유리 속에서 나비가 한마리 아직
花粉도 묻지 않은 그 날개를 마구 부딪고 있다.

환한 배추꽃
환히 푸른 하늘

알이 벌레로 부화하고 벌레가 나비로 羽化하기에 한겹 더 脫却
을 치러야 하는 꺼풀이 있다.

털채를 든 채 그 행주치마의 女人은 석고 모양 추억같이 잃어버
린 아득한 날개를 더듬는 또 하나의 눈이 있다.

환한 배추꽃
환히 푸른 하늘

位置

　내 홀연히 그의 등 뒤에 짐스러운 부채 되어 서노라니, 그는 이미 수면에 떠오른 浮彫처럼 화장을 마치고 경대 서랍을 닫을 무렵이었습니다.

　그는 돌아앉지 않아도 가벼운 傷心같이 거울을 등질 수 있는데, 나 또한 그 자리에 선 채 거울 뒤로 돌아가 다시 거울 속에 現像되는 것입니다.

　아시다시피 그의 마음의 서랍은 굳게 닫혔으나 그 온갖 香料를 감춘 영혼의 構造를 깨닫노니 이 깨달음이 다시 그의 등 뒤로 돌아가면 찬란한 후광이 될 것입니다.

　마침내 이렇게 밝아오는 영혼의 黎明도 한번 반영된 광선처럼 무수한 굴절을 거듭하여 제자리에 가만히 위치하는 것이었습니다.

刑틀에서

한동안 이 골짜기는
얼마나 얼마나 수선스러웠던가……

이미 너를 하나의 영상으로 보신 것은
神의 무료한 감상이었고
너를 한송이 꽃으로 꺾으려는 것은
인간의 아름다운 허물이었다.

그러나 어디서 돌려왔는지
한 알의 빛 고운 열매를 미끼하여
너의 부끄러운 비밀을 불러내인 것은
징그러운 짐승의 벗지 못할 범죄 ―

드디어 神은 나의 왼쪽 팔을 이끄시고
짐승은 나의 오른쪽 죽지를 당기고
그리고 다시 이 골이 울리게끔
인간은 내 발목에 못을 박는다.

아아 이렇게도
지금 나의 사지는 찢어지게 아픈데……

머언 보랏빛 하늘가에
불러도 소리없는 너의 모습이여!

湖水 1

아득한 아득한
그 안개 같은 계절 속에서
봄이 아직 따로 눈을 뜨기 전

이슬 짙은 하루 아침
님프가 옷을 벗고
숲속에 누워 호수가 되었다.

그리고 다시 미소하여
고운 주름 살살이 퍼지며
푸른 그늘 아래서 노래가 되었다.

湖水 2

어떻게 엄두도 나지 않던
크나큰 허영같이 눈부신 창조의
그 엿새를 아직 치르기 전

당신의 호수—
그 깊고 잠잠하던 構想 속에서
나는 한마리 파충처럼 잠겨 있었다.

이윽고 다시 돌아보면
벌써 열매를 가진 가지마다
産苦한 姙婦처럼 봄이 지는 무렵

나는 그때
그 물결 속에서 헤어나와
이 야릇한 형상의 의상을 입고
이제 하나 아담의 슬픈 후예!

湖水 3

머언 뒷날
호수는 그대로 하나의 象形!

다시 머언 뒷날—
당신의 호숫가에 연연히 손짓하는
나를 불러 고운 황혼이 앉으면

그 수면에 뜬
나는 나의 本然을 굽어보리라.

굽어보는 것 굽어뵈는 것
아아 둘이 아닌 하나의 본연이리라.

餘韻 1

아무리 하늘이 높고 푸르기로
이 막막하게 숨막히는 어둠이 없었던들
어찌 밤마다 무수한 별들이
저렇게도 찬란히 빛날 수 있었을까?

아무리 울창한 산악이 버티고 섰기로
저 소슬한 일진의 바람이 아니었던들
숲들이 어찌 먼 바닷소리를 내며
메아리 감도는 산울림이 울리었을까?

이미 네 기억의 저문 그림자에 묻히어
차츰 깊고 어두워지는 이 가슴속
허구한 그리움이 별처럼 눈 뜨고
아아 네 모습을 은은히 바라보는 것이다.

또 언제든 이 허무 앞에 막아설 산이여!
그날을 그날을 손꼽아 기다려 ─ 나는
무수한 밤과 낮을 참아온 울음
내 그날 먼 해일같이 소리 되어 남으리라.

餘韻 2

　돌처럼 굳은 그 오랜 설움이 마저 닳도록 갈고 갈아서 푸른 날이 서는 날
　드디어 이 목숨 찍히리니 伐木丁丁 골이 울리는 소리에 칠칠히 가리웠던 하늘 새로 환히 트이어 길게 목을 뽑고 鶴같이 울리는 것……
　아아 다시 구름같이 놀같이 감돌아오는 것……

無題

봄도 여름도 내게는 하냥 없었다.

돌아보면 고대 저무는 그 짧은 가을날 하루를 또 내 해동갑하여 분분히 돌아와도 목에 가시처럼 걸리는 너의 생각 — 이제 賜藥 아닌 설움은 단 한모금도 넘길 수 없고나!

차츰 번지던 그 오렌지빛 황혼마저 어느덧 걷히고 기다림에 겨운 긴긴 밤만이 물릴 수 없는 운명처럼 남아 있다.

그 긴긴 밤을 지새워 끝없이 풀어내는 저 蟋蟀이 소리에 나는 이렇게 마음의 물레를 돌리고 앉았는데 나의 織女 悔恨이여! 다시는 어룽지지 않을 고운 비단을 짜라.

아아 서럽지도 않은 너의 생각 — 다시는 지워지지 않을 고운 무늬를 짜라.

初冬

가을이 떠난 지 아직 얼마 나지 않은 이 치웁게 저문 거리는 종이를 뜯어낸 문살처럼 허틍하다.

옷깃을 붙잡고 이렇게 몹시 바람은 울어 보채건만 이미 갈 것은 가고 남을 것만 남은 듯 허옇게 따로 나뉜 행길에는 까마득히 먼지도 날리지 않는다.

하루 일을 또 無故히 끝내고 돌아온 이 무거운 발걸음이 차라리 나르시스의 그 애틋한 전설이 아니라 저 헐벗은 나무처럼 머물러 서면 무엔지 소중히 지녔던 것을 잊은 듯 자꾸 고갯짓을 하며 포켓을 아니 떨어진 마음속을 뒤지고만 싶다.

爐邊

　돌아앉아 잠시 모르는 동안 窓밖엔 그 언젠고 듣다가 잊어버린 동화처럼 눈이 내린다.

　철겨운 衣服이랴 껴입어도 껴입어도 추운 인정에 몸보다 한결 마음이 소름치는데 어느 서러운 황혼처럼 소리없이 찾아온 너의 생각은 이미 불을 묻어둔 화로처럼 못내 그립고 아쉽고나!

　이렇게도 손쉽게 너를 잊어버리고 살아온 나는 한편으로 아직 너를 그리워하던 또 하나 나를 만나 오랜만에 이 形象 없는 화롯가에 마주 불을 쪼이며 서로 이야기하고 있다.

사립문
蘭님에게

이 손목 부여잡고
굳이 멈추어 말릴 이 없기에

외려 적막을 벗 삼아
도로 이렇게 주저앉나부다.

아무것도 돌볼 뉘 없는
요지금 나의 서러운 심정은

바람 부는 밤일수록
더욱 삐걱거리는 외짝 사립문!

내 언제든 열어제끼고
표표히 나설 수도 있으련만

아아 더불어 이 오지랖
점점이 어룽지울 이 없기에

내 무엔지 못내 기다려
아직 이렇게 견디고 사나부다.

因緣이여!

　짐을 꾸리고 행장도 가벼이 이제는 길을 떠날 때가 되었다.

　어쩌다 동네도 없는 길에서 해가 저무는 날은 까마귀처럼 논두렁에나 예사로 앉아 露宿하고 또 개울을 건너다 눈물처럼 점점이 떠오는 꽃잎에 웃녘 머언 봄을 문득 생각키도 하며 또 어느 외따른 村 정거장에나 어느 부둣가 대합실 같은 데서 서성대는 사람 틈에 끼여 쉬고 가겠다.

　그리고 언젠가 한번 꼭 오르고 싶던 그 將臺 언덕에도 올라 손을 들어 모자 앞창처럼 눈부신 햇살을 가리고 굽어 흐르는 강물이며 저 티베트 어디 사막 속에 나타난 古代 都市의 유해처럼 一朝에 무너진 그 累累한 폐허를 바라보고 내려오겠다. 또 언젠가 그날 지나치던 우물가에서 어느 모르는 여인의 손에 두레박을 받아 마시고 그 물맛같이 담담한 인정을 나는 路資하여 다시 더 먼 곳을 둘러오겠다.

　그동안 나의 서러운 인연이여! 다들 자리잡고 그전같이 잘 있거라.

풀밭 같은 곳

어디 있느뇨
— 여기는 길이 넘는
풀밭 같은 곳.

앞이건 뒤건
소리나 터지게 외쳐보라.

첩첩이 우거진 수풀
헤치고 내달으면
닫혔던 문짝처럼
와락 열리는 저 하늘!

지금쯤 어드메서
넋을 잃고 바라보랴.

네오 내오 모르고도
마주치는 눈짓……
아아 찬연한 보람같이
눈부신 순간이여!

정녕 어디 있느뇨

— 여기는 마구 우거진
풀밭 같은 곳.

궤짝처럼

　종일 나는 혼자 집을 보더란다.

　볕살이 마루에 따사로이 비치고 마룻널이 볕살에 조여가다가 한번씩 찍찍 소리를 내더란다.

　지극히 고요한 시간이 고갯짓을 하며 지나가는데 방안엔 衣籠과 책장과 화병이 다 숨을 쉬더란다.

　그때 나도 혼자 무엇을 좀 넣어둔 궤짝처럼 한쪽에 가만히 쪼그리고 앉아 있자니까 —

　이렇게 종일 무료한 궤짝은 혼자 집을 보더란다.

藏書처럼

　빌려온 당신의 책들은 쉬 읽고 이미 도로 돌려보냈으나 오랫동안 사서 꽂아두고 먼지가 쌓인 채 아직 한번도 뒤져보지 못한 이 가난한 藏書처럼 밤낮 내게는 가까이 두고도 차라리 남같이 무심히 지나온 서럽고도 소중한 인정들이 있었다.

　정녕 이대로 가다간 누구의 손에 옮아 다시 어느 書架에나 꽂힐는지 모르는 이 몇권의 낡은 書籍처럼 나와 그들과는 언제든 한번은 반드시 있어야 할 그 마지막 애끊는 결별마저 이렇게 내처 모르고 지나칠 것만 같구료!

碑 1

　오늘도 이렇게 肝을 저미는 기막힌 史實을 다시 한줄 가슴에 새겨두는가.

　죽어도 죽어도 이 육신과는 함께 썩지 못할 그 기나긴 사연을 지니고 너는—차츰 어느 보이지 않는 곳에 뜻아니 솟아오른 그 오랜 遺跡같이 이제는 저 허구한 세월을 겪고 섰을 碑碣이 되었는가.

碑 2

소녀여! 얼굴보다 마음이 곱고 손짓보다 그 머언 눈매가 한결 아름답던 너—슬픈 映像이여!

어느 하루 저녁 나는 들었노니 너의 어줌음이 이내 들켜버린 그 따뜻한 비밀들은 이미 내 가슴에 새겨져서 썩지 않을 文字가 되었었다.

그러나 소녀여! 나는 차라리 그 아름다운 비밀마저 어서 비에 젖고 바람에 깎이어 沒字碑처럼 이끼를 입고 서 있고 싶다.

아아 너의 가슴속에 다시 넘어지지 않을 하나의 그 不動한 자세가 되고 싶다.

삶이라는 것

하늘도 우러러볼 수 없는—斷崖같이 쌓아올린 붉은 벽돌담이었다. 그 벽돌담을 넘으려고 조심스레 조심스레 앞뒤를 살피는 눈짓이었다. 날카로운 눈짓이었다.

그것은 도망이다! 도망이다! 쫓기고 쫓고 쫓고 쫓기고— 아무리 달아난들 열에 열 손가락 살을 깎지 않고는 그대로 남아 있을 속일 수 없는 指紋이었다.

바깥은 바다였다

등불 밝히고 두 어린것을 곁에 눕혀 나는 그들의 재롱을 받고 있다. 아내는 헌 뜨개를 손보고 앉았고 벽에 걸린 입성들은 풀이 죽은 채 그대로 걸려 있었다.

바깥엔 갑자기 캄캄한 노아의 밤이 물밀어온 것이었다. 이웃집과 길과 田庄을 다 삼키고 거센 물결은 창 위에까지 끼얹는다.

우리의 이 철없는 단란을 바람막이하고 선 것은 벽이 아니었다. 또 이 구들목은 방이 아니라 오랜 풍랑에 어쩌다 밀린―어느날 우리가 타고 가던 그 배의 부서진 널조각이었다.

지금 자꾸 저 검은 밤이 고래처럼 올라서서 窓을 넘어다본다. 나는 눈을 감고 어린것들을 지푸라기처럼 더듬는 것이었다. 나는 눈을 뜰 수 없다. 이 요량없는 눈구멍은 다시 뜰 수가 없다.

바다의 뇌임

그리움이여! 아침 날빛같이 눈부신 그리움이여! 그날처럼 나의 가슴을 이 푸른 가슴을 밟고 오라.

나는 다만 몸부림 지금 이 기름같이 번진 나의 고요도 잠시 一切를 팽개친 몸부림 또한 나는 이미 바위에 부딪고 슬픔마저 부서져 물보라 날리는 속에 저 마지막 망각을 망각하는 아아 이 슬픔의 散華!

그러나 나는 아직 안으로 맺히는 진주 같은 눈물이며 안으로 돋아나는 산호 같은 아픔을 지녔기로 너의 육신 베드로는 이 마지막 영원 속엔 아직 빠뜨릴 수 없다.

그리움이여! 깃같이 가벼운 그리움이여! 그 눈부신 羽衣를 떨치고 어서 나의 이 몸부림을 딛고 오라.

衣裳 1

여미기만 여미어 아직은
한 매듭 고를 못 푼 이 옷고름!

섶끝에 머무는 한 굽이 도련
살멋한 숨소리도 눈에 뜨이어

등솔로 흐르는 고운 맨드리
세월인 양 떨치고 돌아서서

폭폭이 주름 주름
슬픔을 가리우기에 알맞고나

휘감겨 다시 홈치어도
발꿈치 치렁치렁 끌리는 자락

소매 배래 하얗게 날려서
아 학춤을 추기에 알맞고나

가지런히 가지런히 아직은
접은 채 펴지 못한 운명의 날개!

衣裳 2

　은은한 은은한 빛깔이면서 있는 듯 없는 듯 그냥 사릿 그어진 그
한가닥 線 —

　그것은 이미 한겹 부드러운 살결이었다. 그것은 다시 날 수 없는
서럽게도 찬란한 날개였다.

　저기 눈부시게 떠오른 한송이 구름 — 그것은 어쩌면 구름이었
다. 그날 그 창밖에 휘날리던 눈보라 — 아아 그것은 분명 숨가쁜
눈보라였다.

　희멀건 희멀건 하늘이면서 한줄기 그 구김살도 없이 드리운 생
각이면서 —

衣裳 3

　너의 고디와 화장을 재질하고 품이며 기장에 맞추어 꼭 끼운 듯이 지어진 나는 이미 마련된 너의 서러운 입성이었다. 그러므로 나는 언제나 네게 아직 때처럼 묻어 있는 그 부끄러움과 기름진 고기를 가려주었고 숨결 벅찬 너의 가슴 위에선 은은히 부풀어오른 고운 線으로 도도록 내민 너의 젊음을 살며시 그어주었다. 그러나 어느날 네가 한번 훌훌히 벗어두고 가버린 뒤로 나는 지금도 그냥 주인 없는 너의 방에 걸려 있다. 하지만 너는 언제든 못 버릴 言約처럼 또 한번은 반드시 찾아오리니 그제사 이미 푼돈처럼 써버린 너의 젊음을 뉘우치며 너는 못내 흐느껴 말릴 수 없는 울음에 잠길 것이다. 그러면 그날 때마침 머언 저녁 하늘로 선연히 번지는 보랏빛 놀과 함께 너의 추스르는 그 어깨 위에서 나는 언제까지나 언제까지나 서늘한 湖水 잔잔한 물결이 되어 떨고 있겠다.

窓 2

때로는 따스한 햇빛이 스미고 때로는 아득히 땅거미 기어드
는 ─ 여기는 어느 아득한 길목이다.

때로는 마음 지치어 구겨진 거적처럼 나앉아 이미 끝없는 思念
들이 그 오랜 路毒을 풀고 있는 ─ 여기는 또한 어느 낯설은 洞口
이기도 하다.

窓 3
영도 女史에게

또 하나 어디서 날아온 꽃잎이랴.

홀연히 그대 이 뜰을 거닐다 잊었던 생각처럼 문득 들여다보
면—

몇해 만에 한번이고 돌아오는 그런 祭祀같이 분주하고 삼가로
운 그의 생애를 한 장 그림처럼 끼워둔 額面이었다.

저녁 어스름

서쪽 窓머리에 걸상을 내다놓고 보던 新刊을 들고 나와 뒤적이노니 오랜 세월같이 저녁 어스름은 내 곁에 차츰 가까이 와서 드디어 줄이 엇갈리고 글자마저 희미하여 나는 비로소 늙어 쇠잔해가는 그 視力이 정녕 이러할 것을 느끼었노라.

도로 책을 덮고 가만히 앞뒤를 살펴보니 日常 눈익은 온갖 事象들이 다시 못 볼 모습처럼 스러지고 나는 이미 무덤 같은 깊숙한 어둠속에 홀로 앉았었다.

이윽고 일어서서 호롱을 밝혀보니 이상하게도 정말 이상하게도 내 房안 세간이 그대로 놓여 있고 어린것은 눈을 초롱대고 늙은 어머니와 젊은 아내도 멍석같이 앉아 있고 ─

아아 고달픈 家眷들아! 내 이제 한마디 마지막 유언을 남기노니 오늘 저녁은 이대로 자리에 들어 고이 쉬라 그리고 새는 날 다시 깨거든 우리 진정 새로 태어난 어여쁜 보람으로 한없이 맑고 밝은 날을 기약하여 呱呱히 살아보자.

洞窟에서

여기 아무도 보지 못한 새로운 태양을 사모하여 피어오른 해바라기가 한그루 문지기하고 서 있다.

겹겹이 둘리어 오직 위치만이 있고 방향이 없는 이 캄캄한 동굴 안에서 소리처럼 소리처럼 이상하게 들려오는 향기가 있다.

무수한 髑髏 위에서 꽃이 핀다. 무수한 髑髏가 꽃을 들고 횃불처럼 꽃을 들고 일어선다.

오랜 어둠에 길든 나비떼가 도로 눈이 먼다. 이미 쓸모조차 없게 된 그 날개 끝에 새로이 필요한 複眼의 그 정밀한 눈알이 반점처럼 돋아난다.

나비

지극히 화려한 둘레 속에서
무수한 눈과 눈이
틈도 없이 모여 사는 마을이 있다.

일찍이
수염은 아름다운 威嚴이었으나
여기서는 위태롭게 벋어난 장식이었다.

그리고 또 —
날개는 춤추는 衣裳이 아니라
먼 공간을 솟구쳐 딛고 가는 발바닥이었다.

窓 4

　여기 열어놓은 네모난 윤곽으로 내다뵈는 세월은 그대로 쌓아둔 바이블의 두꺼운 책장 ─ 그 어느 한 장을 넘기면 저 天涯에 맞닿은 바다가 보이는 묘막한 創世의 말씀! 그리고 그 머언 푸름 위에 가물가물 흰 돛대 한점 나비로 化하는 異蹟도 있고 또 행을 바꾸어 다음 章을 읽으면 우수수 가랑잎 듣는 소슬한 默示의 구절도 적혀 있다.

　그러나 여름날 마른 하늘이 울고 소나기 쏟아지는 심판의 예언이 들리기도 하고 겨울밤 함박눈 몰래 내린 ─ 그 속죄의 은총을 기록한 아아 당신의 文字! 지극한 靜謐이 깃들어 있었다.

　그리고 또 어느 至密한 밤이었다. 잠시 육체를 잃고 깊이 잠든 틈에 눈물처럼 찬란히 흐르는 오리온 별빛과 가만히 빗장을 흔드는 바람의 그 은밀한 은밀한 召命!

　다시 다음 章 몇節을 보면 함초롬히 꽃술을 적신 이슬의 세례와 저무는 봄 어스름 속에 저 울려오는 노고지리의 찬송! 그리고 또 뜨락에 드리운 포도며 저 간살 터진 석류알 ─ 그 속에 秘藏하여 아아 스스로 영혼을 만나게 하는 救援의 신비와 가지마다 휘어진 그 풍성한 축복이 있었다.

　어찌 그뿐이랴 이미 읽다가 접어둔 그 책장을 다시 펴면 온갖 진진한 비유로 엮인 부활의 섭리와 길이 깨칠 길 없는 永生의 진리! 더욱 春秋를 거듭하여 읽을수록 뜻깊고 넘길수록 아득한 이 적은 간격은 ─ 아아 권능 많으신 당신의 예비하신 복음!

의상　265

아득한 사연

오늘 우리끼리도 서로 두려워 아니하지 못하는
이 피할 수 없는 눈물겨운 受難인즉
먼 뒷날 다음 人類를 다시 꽃피울 묵은 거름이 되리라

나오라. 어서 나오라. 그 먹장 같은 어둠일랑 벗어두고 어서 나오라. 지금 鼓樓에서 북이 운다. 둥둥 북이 운다. 鐘閣에선 종이 운다. 무너져라. 성벽이 무너져라. 산악이 무너져라. 온갖 보화가 흩어지고 온갖 膏粱이 짓밟힌다. 저기 저 우람한 城門이 지등같이 떨어져 나둥그러진다. 나오라. 나오라. 이제는 더 짐질 수 없는 그 무거운 어둠일랑 부려두고 어서 다들 이리로 나오라. 와아 와아 하늬 바람 산불같이 번져오라. 오랜 業報의 둑을 밀고 一切를 삼키려는 아아 마지막 해일같이 터져오라.

빛이야 빛이야 입이 타도록 목이 타도록 젖줄같이 기다리는 오오 救援의 빛이야 소나기같이 퍼붓는 우박같이 쏟아지는 아아 燦然해라. 억만 줄기 광명의 화살! 눈이 부시어라. 눈을 못 뜨도록 눈이 부시어라. 가슴이 막히어라. 숨을 못 쉬도록 가슴이 막히어라. 모두 빛을 보자 입을 벌린다. 넋을 잃는다. 손발이 떨린다. 아아 지금 저 빈틈없이 放射하는 광명의 화살을 받아 서로 탈 모양 피묻은 제 얼굴을 만나보고 다들 낯을 가린다. 눈이 먼다. 발광한다. 마구 거꾸러진다.

날과 밤이 끝없는 날과 밤이 흘러가고 비와 바람이 쉴새없이 스처간다. 그들의 그 고운 청춘과 눈부신 幻想과 온갖 번뇌는 살과 함께 썩고 그들의 뼈와 함께 삭아 비에 젖고 다시 바람에 날리어 티끌이 되고 흙이 된다. 어인 氷原 같은 황량한 벌판이 벌어진다. 어느 종족이 다스리고 어느 족속이 다시 쪼들릴 領土이기 아무리 소리쳐 불러도 종시 울림 없는 막막한 광야가 벌어진다. 累萬年 어떠한 계절의 침노에도 그냥 움찔 않는 아아 不落의 版圖! 비는 개고 바람은 자고 그 누구도 막을 수 없는 저 머나먼 나일 江물처럼 날과 밤은 그냥 끝없이 흘러간다.

티끌같이 날리우던 그들의 숨결은 그 아스무레한 숨결은 따스한 바람과 새 햇살을 받고 들먹인다. 검은 땅 속에서 파아란 풀잎이 들먹인다. 파아란 하늘 밑에 파아란 불멸의 새 생명이 돋아난다. 그들의 잠든 혼백은 흙과 함께 범벅되어 다시 가릴 수 없던 그 오랜 精靈은 하루아침 지는 이슬과 슬기로운 새소리에 귀가 띄어 초록 바탕에 五色 무늬 화사한 꽃이 핀다. 꽃이 피어 마구 흐드러진다. 향기를 풍긴다. 아아 없는 듯 있고 있는 듯 없어 진정 그 자취 알지 못할 이상한 향기가 온 벌판 온 하늘로 진동한다.

언제 어디서 어찌하여 왔는질 모른다. 한 오리 실낱도 걸치지 않은 그 고운 살결! 그 하얀 알몸! 그대로 잔디 위에 누워 조은다. 조을다 깨어 꽃을 휘어잡고 냄새를 맡는다. 초롱 초롱 맑은 눈매로 건너다보고 서로 희롱한다. 욕망이 없다. 萎縮이 없다. 젊음의 고뇌와 그 눈물겨운 쟁탈을 모른다. 노쇠의 허망과 드디어 안아들여야 할 관용을 모른다. 언제 어디서 어찌하여 이리로 와 누웠는질 모른다.

홀연히 젖빛 구름이 떠올라 저녁 놀에 젖는다. 마노빛으로 번진다. 산호빛으로 물든다. 아아 처음 보는 이여! 이 얼마나 놀라운 異蹟이료! 가만히 눈을 감으면 화살같이 날아오는 一瞬 — 이 焦眉를 꿰뚫는 영원한 光芒! 도로 눈을 떠보니 그새 놀도 구름도 간 곳 없다. 아아 저기 크나큰 空虛의 윤곽 속에 자리잡은 너 한낱 보이잖는 작은 點! 오직 이 中心에 발붙임하여 이제 막 이 순간까지 이어온 저 疊疊한 世代의 층층階를 돌아본다. 다시 이 순간에서 다음 순간으로 옮겨갈 遙遠한 미래의 창문을 열고 내다본다.

귀가 운다. 귓전에서 무엇이 떼지어 운다. 저물어오는 벌판에서 유황불 연기처럼 진동하는 꽃향기 속에서 아득히 전해오는 아득한 비밀의 봉함을 뜯어보고 지나간 人類의 끼치고 간 그 슬프고도 뜻깊은 사연을 읽는다. 아아 그제사 떠오를 머언 조상의 자취! 그제사 뉘우칠 삶과 죽음! 진실로 진실로 우연한 우연의 그 풀길 없는 필연의 輪廻를 깨닫는다. 아직도 귓속에서 무엇이 운다. 어쩌면 뭘 조상하는 듯 어쩌면 뭘 예찬하는 듯 뭇 벌레가 떼지어 운다. 아

아 아직도 완연히 들려오는 강물소리……흐르는 세월의 머언 강
물소리……

木石의 노래

청우 · 1956

아침

1

神도 없어 그날은
꽃 한송이 돌멩이 하나에도 아직 불리울 이름이 없습니다.

까맣게
얼마를 지난 그 어느 아침인가……

오래도록 듣고 싶었던 당신의 음성
오늘은 그것이 진정 그리운 이름들이 되옵니다.
꽃이여!
돌이여!
제비여!
江물이여!

2

애타게 기다리던 당신의 부르심은
이미 어둠속에 울리는 한갓 소리가 아닙니다.
눈에 환히 스며드는 무지개보다 아름다운 光彩입니다.

일찍이 내게도 약속된 기름진 토지가 있어
비와 바람 氣候가 있어
어드메 묻어둔 꽃씨들이 예서 제서 마구 눈을 뜨옵니다.

그리고 벌써 꽃술에는 진주 이슬이 반짝입니다.

아아 씨알 속에 잠자던 나의 向日性!
빛이 오는 쪽으로
빛이 오는 쪽으로
모두 한가지 향을 하고 고개를 돌립니다.

이렇게 당신의 음성이 빛으로 닿는 곳에
온갖 색소와 향기와 꿀과 눈물이 깃들입니다.

그러나 다음 순간—
모두가 神이 되어
본디 木石이던 혼령들은 서로 마주 부를 그의 이름을 잃어버립니다.

돌

너는 이미 생각하는 노릇을 버리고 말았고나. 밤보다 깊은 어둠을 안으로 닫아걸고, 그 속에 아직 이름 없는 形象들이 잠자고 있다.

이끼 푸른 門 앞에 와서 누가 너를 부르겠느냐. 蓮座에 걸터앉은 보살을 부르겠느냐. 얼마를 앉아 머뭇거리던 그의 정 소리가 이미 살을 뜯고 네 속에 스며들었다.

빛도 소리도 배일 수 없는 너의 가슴 속, 거기 흩어지지 않은 서라벌, 깨어지지 않은 아테네는 어디 있느냐? 처음이자 마지막인 심판의 날, 저 무서운 발자국은 가까워온다.

열어라, 門을 열어라. 여기 언제부터인가 오직 한번 있기만 있고, 목숨도 죽음도 없는 단단하고 차디찬 너 돌이여!

질그릇

1

처음 나는 아무래도
내 스스로를 무언지 알 수 없었다.

오늘도 홀연히 너를 생각하므로
그 골똘한 생각을 담아둔
문득 하나의 질그릇인 것을 알게 된다.

휘저을수록 맑게 가라앉는 것……

그러나 이것은
부피 없는 깊이와 넓이
언제나 개피어도 차고 넘칠 수 없다.

2

그동안 나는
몇번이나 자리를 옮겨놓았다
여기는 뜰 안
한쪽 장독대가 아니다.
어느 끝없는 벌판 같은 데

어쩌면 갈밭 속 같은 그런 데일 것이다.

내 곁에도 이만큼 다가앉고
혹은 저만큼 떨어져
서로 그 무엇을 담아두었는지
독 단지 항아리 ―
이런 것들이 도란도란 짜고 모여 있는 것이다.

나와 그들 사이
― 이 어쩔 수 없는 빈틈에
이따금 무수한 갈잎 소리도 서걱이고
아침 저녁으로 맑고 고요한 것이 개피운다.

제여곰
운두가 높거나 낮거나
그 무수한 윤곽들을 포섭하고 있는 것

그러면서 한가닥 금을 그었을 뿐
틈이 없이 치밀해도
그 존재마저 凡然한 것

― 이것은 어디다 담아둘 누구의 것인가……

木蓮

뜰에 한그루 木蓮이 있다. 물같이 맑은 아침 대기 속에 줄기와 가지 움과 봉오리 — 이렇게 나타난 질서로 그의 자세는 坐定한다.

줄기의 주변 봉오리의 피부에 감겨 있는 공간은 이미 悲慘한 탄력을 가진다. 이것을 밀고 가지가 벋고 봉오리가 터지고 또 꽃잎 너울거리는 꽃잎……

木蓮은 실로 스스로의 形體대로 저 무한한 공간 속에 다시금 은밀한 動作을 쉬지 않는 한그루 眞空을 구성한다. 아아 眞空 — 이것은 그냥 성장하는 신비의 體軀다!

여기는 모두가 하나의 頂点! 다들 머언 連巒의 눈썹을 바라보며 제여곰 딛고 오른 그 층계 위에서 오히려 散華를 기다리는 그의 고요한 절규를 듣는다.

木蓮은 이제 맑은 대기 속에 다만 있는 것이 아니다. 저 분별할 수 없는 것을 경계하여 이미 그로 하여금 생명의 고독으로 그의 極秘를 지키게 하는 것이다.

紅薔薇

꽃이 핀다 어느 뜨락에
피를 뱉는 새빨간 꽃이 피어난다.

가만히 너를 보고 있으면
그의 젊은 날
걷잡지 못하는 함박눈이 퍼얼펄 내린다.

옹크리고 난로가에나 앉은 듯
또 하나의 육신이 화끈거리는 느낌……

눈이 쌓이는데 소리없이
가시보다 아픈 자리에 함박눈이 쌓이는데

오오 내 여기 있다
손을 들어 알리는 ― 나부끼는 旗폭!
그의 젊음은 어느 하늘 아래
아직도 옷자락 펄럭이며 울고 있는가.

눈이 내린다 함박눈이 내린다
흩뿌린 꽃잎……자국마다 피가 고인
길을 물으며 ―

꽃이 이운다 어느 비밀한 곳에
한송이 순수한 꽃이 이운다.

겨울

바깥을 내다보고 겨울을 생각한다.

나뭇가지에 잎이 진 사실과 유난히 짙푸른 바닷물을 바라보고
아무래도 풀 수 없는 겨울을 다시 풀이해본다.

무슨 온유한 대답을 망설이고 있는 것일까? 어느 죽음 앞에 엎
드린 경건한 침묵일까? 아니면 다시 손댈 데 없는 스스로의 완성을
망가뜨린 한 토匠의 절망 같은 것일까? 아니 그보다 이 모든 것을
다 함축한 예언 같은 것일까?

그러나 집집마다 철이 난 사람들은 窓戶를 바르고 들앉아 태연
하고 있다.

圖畵

　누가 부어넣었는지 몰라도 七色 무지개의 색소가 들었다는 태양! 봄 가을 제철따라 그 눈부신 빛을 받아 익어가는 한 개 形象의 과실!

　지금 나는 잊어버린 反省이 누적된 이 시간에 차라리 서투른 육안을 감고 앉아 한 장의 그림을 그리겠다.

　가만히 보조개가 파이는 水密桃의 꼭지며 또 성애 낀 포도며 능금―그들 피부엔 언젠가 달아둔 나의 크레용 상자를 내어놓고 色色으로 영롱한 색동옷을 입히겠다.

果實 1

아직 풍겨 있는
너의 싱싱한 풋내음은
얼마나 눈부신 추억이냐.

태초의 고요는
그 아꼈던 童貞을 깨뜨리고
푸른 가지는 휘어진다.

동산 온 골이 울리도록
보이지 않는 光彩 속에
들려오는 무지개……

저 떨리는 잎새 그늘 아래
하얀 손톱이 보인다.
포도빛 젖가슴이 보인다.

果實이여!
날마다 붇는 너의 중량은
그 얼마나 함축 있는 노래냐.

속으로 예비한 꿀물을 간직하고

슬픈 黃昏을 아로새긴
터질 듯 붉은 너의 입술……

누가 부르느냐
뒤쪽으로 뒤쪽으로만 쏠리는
비늘같이 차고 빛나는 눈짓!

드디어
벌레먹은 너의 성숙은
또 얼마나 기막히는 말씀이냐.

果實 2

과실이여!
잉잉거리는 꿀벌이 그 본능의 潛在를
무르녹은 꽃 속에 앉히어
꿀과 내음 길어가게 한 까닭을 아는가.

날만 새면 그들은
섬세한 깃과 손발에 화분을 찍어
일찍이 충성스런 당신의 秘書로
창조의 原典을 기록하던 날

과실―너는
이미 하나의 원인을 胚胎하고
고운 빛깔 그 둥근 形象으로
저 완성된 無限을 축소하였느니,

너 또한―
언제나 기다리는 계절이 있어
끝내 찾으려던 내 마지막 모습을
그대로 지어줄 그 오묘한 鑄型

오늘 이 찬란한 햇빛 아래

다시 괴로운 청춘으로 꽃피거니
미리 깨지 못한 神秘의 매개로
눈물과 함께 깃들인 나의 예지여!

少年

소년은 꽃씨를 심어놓고 손에 한움큼 흙을 쥐엄쥔다. 소년의 체온이 옮겨진 그 부드러운 흙이 꽃씨 위에 뿌려진다.

물을 준다. 바야흐로 꽃씨는 흙을 밀고 움이 트고 가지가 벋고 꽃이 피고……소년도 꽃씨처럼 흙을 밀고 움이 트고 가지가 벋고……한참 꽃 곁에 서서 꽃을 바라보는 소년의 눈! 그 눈동자 속에도 조고만 꽃밭이 하나 어우러진다.

그러나 문득 소년과 꽃 사이 푸른 강물이 흐른다. 차츰 뒤로 물러서는 소년의 눈엔 이미 비쳤던 그 꽃밭마저 자취 없는 자취만을 남겨놓고 눈물도 없이 흐려진다.

다시 건너갈 수 없는 깊은 강물은 더욱 폭이 넓어지며 아무렇지도 않게 그저 아무렇지도 않게 유유히 흘러간다.

密室

돌아도 돌아도 보지 않고
얼마를 들어온 깊은 어둠이겠는가?

여기는 모두가 壁인가 하면
모두가 門이 트인 그런 밀실이었다.

겹겹 고운 윤곽을 둘러놓고
그 속에 말없이 앉아 있는 한 塑像!

어디서 스며드는 광선인지
그의 눈자위에 여린 陰影을 그어
떠도는 신비한 웃음을 새겨내는 것이다.

이뿐이겠는가 그의 가슴엔
영원한 호흡이 물결치고
그 위에 부드럽게 떨고 있는 곡선……

이 塑像의 모델은 어디 있는지
나는 그것을 찾다 도로 나를 잃어버린다.

쉴새없이 그의 가슴에 일어나는

투명한 물결을 헤치고
나는 이미 그 속에 가만히 滅入하는 것이다.

이 불멸의 塑像 앞에 벗어버린 나는
어느덧 내 슬픈 육신을 수습하고 있다.

모두가 門이며 모두가 壁인
이것은 또 얼마나 깊은 밀실이겠는가?

열쇠

나는 어디서 와서 지금 이 門 앞에 서 있는가? 어쩌면 이 象形文字같이 생긴 나의 열쇠는 아직 그 音訓을 해독할 수 없다.

이런 돌담 너메는 아마 한그루 자줏빛 木蘭꽃이라도 피어 있음 직하다. 그런 木蘭꽃으로 끝동을 댄 흰저고리를 입은 한 여인이라도 서 있음직하다. 그러나 혹시 그 여인은 카인의 酒店에 炎炎한 입술을 그린 채 이미 娼婦로 팔려갔는지도 알 수 없는 일이다.

오랜 날 돌쩌귀에 녹이 슨 이 門을 나는 어떻게 열고 들어왔는가? 들어온 이후 내가 지닌 열쇠는 이미 자물쇠가 되어버린다. 풀면 감기는 이 영원한 解答과 問題! 나는 다시 다음 대문을 들어선다. 뒤쫓아 열두 대문을 들어선다.

어느 옛 설화 속의 蓮塘을 건너 그 깊숙한 草堂으로나 나는 찾아온 것인가……아아 이 화려한 安眠는 어쩌면 지금도 피바다 바늘山이 첩첩한 저 지옥의 공포를 달래는 진한 魔藥인지도 모를 일이다.

그러나 알고 보면 꼭 내가 들어온 대문의 수효만큼 나는 木蘭꽃이 아니면 피가 묻었을 그 문지방을 도로 넘어 이미 이 현실 밖에 나와 있다. 나를 이렇게 映寫하는 현실은 어쩌면 한 장의 참혹한

거울일 게다. 앞뒤로 둘린 과거와 미래의 틈바구니에 서 있는 나는
두 개의 거울 속에 놓인 하나의 엄숙한 象形! 이 열쇠는 다시 무수
한 그림자를 서로 비추며 번져나간다.

　아직 해독할 수 없는 나의 열쇠는 아무리 찍어도 책임을 묻지 못
할 그런 奇古한 印影과도 같은 것이다.

記憶

한그루 하얀 배꽃이 피어 있다. 무슨 자취 모양 스스로 잊어버리고 피어 있다. 그 배나무 그늘 밑으로 어디서 본 것 같은 역시 하얀 길이 놓여 있다.

뜻밖에 나는 하필 사람이란 생각이 든다. 거의 無意味에 가까운 순수한 겸손처럼 조심스레 허리를 꾸부리고 그 아래로 들어선다. 꽃잎이 이마에 내질러 가벼이 흩어진다.

배나무 저편에 반쯤 가리운 집이 한 채 있다. 그러나 나는 驚異란 것을 아예 알아보는 행복한 聰明이 없다. 그저 그 집은 前生의 바로 내 사랑하는 사람이 사는 집이거니 그렇게 알 뿐이다.

본디 기억이란 무심히도 평범하고 그지없이 안타깝다. 그러나 肝에라도 새겨둘 수 있는 그런 事實들은 기억이 아니다. 정말 아름다운 기억은 어드메 길가에 한그루 배꽃같이 그렇게 피어 있는 것이다.

편지

　지금 나는 너에게 오직 다음과 같은 간단한 편지 속에 이 간절한 矛盾을 쓴다.

　정녕 너의 집이 몇 번지 어디며 너의 어머니 아버지가 누군지 나는 모른다.
　그리고 너의 이름자와 더구나 그날 어둠 속에서 본 너의 얼굴 윤곽까지 지금은 분명치 않다……

　그러나 뒤끝이 약간 떨리는 木琴소리를 닮은 네 음성과 또 창살에 비쳤던 그날 밤의 달빛으로 나는 네 은은한 마음의 구석 구석을 참참히 더듬어 기억하고 있다.

　어쩌면 이것은 精密한 착오로 行方도 없는 나에게 보내온 너의 音信인지도 모른다.

小包

이것은 보낼 수 있는 分量의 한도에서 당신을 생각하며 싸서 묶은 것입니다.

이것을 묶은 다음 아직 우체국의 창구에다 올려놓지 않았어도 이미 내게 있는 것은 아닙니다.

그리고 이걸 또 끄르고 펴보기까지는 아무리 배달부의 손에서 설령 받아들었더라도 분명 이것은 당신의 것도 아닙니다.

쌀 때에 느낀 나의 아쉬움과 끄를 때에 얻은 당신의 반가움은 본디 이 品質과 分量에는 아무런 관계가 없습니다.

그러나 영영 분석할 수 없는 변화를 일으킨 이 보이지 않는 質量은 다시 지울 수 없는 消印처럼 끝내 부득이한 것입니다.

틈

그것이 공간이건 시간이건 틈이 나면 언제나 그 틈은 나를 나 아 닌 것으로 粉飾하고 왜곡하고 변모하는 데 쓰는 기구나 塗料를 마 련하는 것이었다.

오늘 나는 우연히 등불 희미한 어느 茶店에 앉아 벗과 마주 이야 기하는 틈에 누가 몰래 내 곁에서 카메라의 셔터를 눌렀었다. 미리 알았더면 옷깃을 좀 여미거나 자리라도 고쳐 앉을걸……

아아 1초의 1000分의 1!
나의 虛飾이 감히 발디딜 틈이 없는 그 至密한 찰나는 그대로 손 대지 못한 한개 印象을 이미 붙들어놓은 이후였다.

座席

　여기 잠시 피로를 풀고 앉아 과거에 또 내가 앉았던 그 하고많은
나의 좌석들을 다시 생각한다.

　찌익찍 소리나는 낡은 의자 엷고 때묻은 방석 古宮의 이끼 낀 石
階 비에 젖은 바위 길섶에 깔린 호젓한 풀밭들 — 이렇게 앞에도
뒤에도 또 옆에도 마구 뻗쳐진 저 無邊의 散在!

　이들은 이미 나의 불멸하는 영혼의 密室 — 그 회랑의 보이지 않
는 支柱를 지금 말없이 받고 있을 것이다.

　그러나 이제는 다시 돌아갈 수 없는 나의 황량한 秋草 속에 놓여
있을 礎石들! 아아 그 무수한 초석들……

靜物

　때로 찾아오는 사람이 있다 그중에는 세번이나 단식을 하였다
는 얼굴이 해쓱한 젊은 친구! 그가 남기고 간 몇마디 말 가운데 아
무래도 떠오르지 않는 구절……꼭 어느 辭典의 주석처럼 생각날
듯 하면서도 차츰 미궁으로 들어간다.

　지금 장지 밖엔 고요함이 보일 듯 들리는 落水소리뿐……저 지
극히 정확한 간격을 두고 이 焦燥의 절박한 無聊를 저울질한다. 으
레 이런 때 나의 영혼의 그가 가진 여유는 지난날 한개 愛翫하던
靜物이런가……미리 교섭도 없이 저만치 적당한 위치에 따로 떨
어져 나앉는다.

小品

비오는 날이라도 좋고 좀 늦은 아침이라도 혹은 안개 낀 오후라
도 좋겠는데……아무런 어느 여관방에서나 또는 어느 아내 있는
친구의 집에서 선잠을 깬 눈을 비비고 베개 위에 턱을 괴고 잠시
바깥을 내다보는─그런 생각……이럴수록 지나간 그 간절한 생
각이여 矛盾이여……

기러기

갈잎에는 이겨진 달빛
바람도 서걱이는 그림자 속으로

무수한 線과 線은 어딘지
서로 대질려 긁히는 소리가 난다.

江물!
굽이도는 水墨의 띠는
오랜 허무를 감고 누워 흐르는데……

모두 떠나간 빈 하늘!
외떨어진 기러기는
저 江보다 차가운 핏줄을 긋는다.

아아
보이지 않는 아픔으로
무수한 죽지를 꺾어뜨린 생채기!

어드메 서리 묻은 긴 행렬은
다시 슬픈
薄暮에 저무는가……

눈시울이 얼어붙는 江가에 서서
이 죽지 없는 기러기는
울음으로 그어진 먼 江물을 듣는다.

鶴

한겹 등덜미를 덮었던 죽지를 좌우로 벌리면 난데없는 雲霧가 인다. 문지르던 부리를 바로하고 이내 솟구치면 찢어도 흠 없는 저 푸르름 속으로 사라진다.

어드메 落落한 가지가 너울대는가……도로 그 흰 구름자락을 가지런히 접고 다시 내려앉는 그는 목을 수직으로 뽑는다. 물보다 맑고 서늘한 분수가 철철 넘쳐흐른다.

몸은 江가의 갈풀같이 말리면서 살점을 저미어도 견디는 마음이 있어 항시 머리 위엔 붉은 생채기 꽃피는 冠을 쓰고 ― 어느 古人의 그림 속에도 貞淑이의 수놓는 마음속에도 또 어느 푸른 斷崖 위에서도 사는 너는 언제나 없는 듯이 늠름하다.

― 너는 鶴이다!

風景

　가랑잎 떨린 미루나무 가지 새로 저 짚지붕 추녀들이 하필 내 눈동자 속에 들어온다.

　한 줄기 薄暮 속에 오르는 흰 연기 ― 그들의 목숨처럼……소리 없다. 房마다 장지문 닫힌 채 하마 어린것 보채고 나많은 콜록 소리도 들릴 법. 거기 冬眠 아닌 서러운 서러운 安心들이 깃들어 산다.

　또 한그루 미루나무. 나는 이미 낡은 생각을 바람에 지우고 서서 이 황량한 풍경 앞에 빈손을 뻗쳐 들고 있다.

살구나무

집 앞에 두어 그루 늙은 살구나무가 있다. 이로 말미암아 善한 도시들이 이 두메를 그들 父祖의 입내나는 詩句처럼 杏花洞*이라 일컫는다.

요 며칠 동안 그 앙상하고 시꺼먼 가지는 문득 자줏빛으로 옮아가고 있었다. 아무래도 무슨 彩扇을 가진 귀신이 나와 굿을 하는가 보다⋯⋯웬일인가 눈여겨 지키노라면 이윽고 붉은 빛이 어룽져 군데 군데 묻어나기 시작하였다.

뜻밖에 오늘 아침 세숫물 놓는 기척에 장지를 여노라니 갑자기 내 어둔 오지랖이 환하게 바래도록 저 멀리 눈뜨는 버들과 함께 온 골짜기가 한 덩어리 밝은 淡紅色으로 내리덮였다.

그동안 이 은밀한 은밀한 推移는 어쩌면 옛날 東洋사람의 아침 저녁 그 가난하고 때묻은 행색에도 가만히 雨露처럼 옮아 있었을 것을 믿는다.

이제 두어 그루 살구나무는 本是대로 누가 보나 안 보나 무관하다. 그는 스스로의 오랜 性情을 이미 이 화창한 言語 속에 새로 담가 한창 맑은 내음 풍기는 술을 빚는다.

302

그들의 후예인 나는 지금 어느 수선스런 시간의 강변에 서서 생각한다. 반드시 내게도 저렇듯 황홀히 눈부신 醱酵를 가질 날이 지척같이 먼 곳에 드디어 가까워옴을 생각한다.

 * 행화동(杏花洞)은 실재하는 지명(고유명사)이 아니라 끝내 꿈(이상적 인간의 유산)을 간수하는 무릇 우리네의 실재하는 주소를 일컫는 말이다.

杏花洞 說話
사슴과 나무꾼

홀아비야 홀아비야.

옛날도 아닌 옛날 채양 볕바른 섬돌 아래 바둑이는 한쪽 다리를 베고 눈곱채로 졸고 있다.
헌 뜨께를 꿰매고 있는 *少女*같이 작아진 꼬부랑 할머니와 그 곁에 상기 홀아비 늙은 아들은 서로 말없이 눈물어려 앉았는데

아직 제비도 종달이도 오르지 않은 저 포란빛 휘어진 하늘은 아지랑이 나는 건너편 丘陵 위에 드리워 있다.

사슴아 사슴아 뿔이 고운 사슴아.

살구꽃 구름 너머 꽃구름 너머 어드메 맑은 우물 속에 仙女의 두레박은 잠기는가?
"하늘에는 하늘에는 없는 것이 없다는데 목욕하는 우물물에 비친 그림자는 地上에만 있었던가?"

정녕 오늘도 그런 옛날……
노곤한 봄빛은 이 나무꾼의 오막집 뜨락으로 한되박 소리없이 부어진다. 뻐꾹! 뻐꾹! 뒷산 혼령처럼 뻐꾹소리 들려오고—

304

아아 홀아비야 홀아비야.

오랜만에 그의 羽衣를 두었던 빈 궤짝이나 열어보자. 그렇게도
서럽고 소중한 이별을 생각하며 ―
"이미 이 아름다운 說話마저 생각 없이 벗어버린 우리는 아직
초라한 헌옷 한벌 개켜둔 상자 하나 마련없다!"

音響

저녁 놀이 밀리어 어둠으로 둘리고
아침이면 도로
둥근 빛무리 번지는 모양……

그것은 속도 거죽도 없이
그러면서 다만 하나의 자리에서
무한으로 무한으로 波長하는 것.

어둠이 걷히듯 멀리서
울리는 여운 속에 하나하나 분별되는
形象이여! 이름이여!

그 언제 누구의 애끓는 속삭임으로
저리 꽃잎은 이우는가?

무슨 動作이 이렇게 남았다가
저 나른한 봄날이 되는가?
무르녹은 가지 위에 두견을 울리는가?

이김없는 너의 가냘픈 진동이
음반 위에 금을 새기듯이 音響이여!

내 어린것을 찾던 목소리의 부드러움과
그리고 짐같이만 여기던
늙은 어머님의 혀가 굳은 遺言……

이것은 또 어느 아득한 공간 속에
다시 지울 수 없는 자국을 남기는가

머언 어둠속에 無形으로 形象될
나의 영혼이여!
이 슬픈 가락에 무슨 춤을 추겠는가?

日暮

이른 봄날입니다. 慶州의 해질 무렵 눈에 스며드는 음향······귀에 울려오는 채색······꽃무늬 띠를 두른 전설 속에 아기가 추스르며 울고 온다. 구름을 휘어감은 소리 속엔 浮刻한 飛天이 춤을 춘다.

이제 어느 먼 工房에서 無形의 존재를 鑄造하는가? 오 다들 橦木을 끄르라. 한덩이 육중한 쇠붙이를 두고 神의 몸을 불러낸 너의 우람하고 그 영묘한 목청을 듣고 싶다. 드디어 굳이 잠긴 玄室의 石扉는 열리리니 나는 자리를 도사리고 앉아 銘을 새기리라.

지금도 刻刻으로 굳어가는 우리의 영혼! 그 두려운 餘白 위에 차라리 아픈 칼자국을 내라. 언제나 悲劇은 지극히 아름다운 대사로 막을 내리느니 오늘 우리의 슬픈 言語는 낙인으로 찍으련다.

다시 한번만 더 橦木을 쳐라! 이미 山川엔 골을 타고 철쭉이 만발하다. 그 속으로 피묻은 메아리는 울리어 감도는 日暮더니라.

昇華

1

언젠고 나는 佛國寺엘 갔었다. 그러나 그 날짜와 시간은 도무지 요량할 수 없어 봄인지 여름인지 더구나 꿈인지 생시인지 또 밤인지 낮인지도 정말 아심하여 쉬 분간이 서지 않는다.

그러나 어찌 들었는지 '白雲橋'라 불리는 아치形의 교량과도 같은 階梯를 나는 혼자 분명히 오르고 있는 것이었다. 오싹! 소름이 끼치도록 고요가 철철 넘치는 毘盧殿 앞뜰에 하얗게 씻기운 두 채의 石塔! 그 아랫도리는 넓고 크며 차츰 올라갈수록 좁아들고 가늘어지며 層層이 포개져 있다. 하지만 이것은 그의 姿勢의 安定만을 위한 것이 아니었다.

저기 끝없이 뻗혀진 광야! 그 퍼언한 벌판으로 달리는 외줄기 길! 古今의 무수한 巡禮者는 그 길 위에 서서 하나 焦点으로 사라지는 遠近의 차이를 느꼈듯이 이미 가도가도 救援이 없는 이 지평선에서 갑자기 방향을 꺾어 드디어 하늘로 승화하려는 立體의 路程을 조성하였다. 그리고 그 거리를 측정하고 이렇게 오묘한 施工으로 다시 표현한 것이었다.

2

꿈의 나라 新羅는 그의 昇天하는 길을 둘로 창조하였다. 그 하나
는 四角 整方의 단아한 직선을 무수히 반복하여 어느 殉教徒의 계
단처럼 그지없이 슬픈 步行으로 오르는 靜肅 寂寞한 길이며, 또 하
나는 凹凸의 기복이 無雙한 변화 끝에 마침내 팔모 난간 위에 오롯
한 꽃쟁반을 받침한 —아아 끝없는 歡喜가 지극히 고운 선율을 타
고 오르는 華麗 燦爛한 길이었다.

아득히 바벨塔을 세운 이무론을 우리는 한번도 이웃하지 않았
기로 朝夕으로 보채는 이 육신의 목마름을 위하여 하염없이 두레
박을 드리워 끼니마다 맑은 샘을 길어올리듯 눈먼 영혼의 안타까
운 도래질을 위하여는 이렇게 목을 뽑아 저 淸明한 하늘을 우러러
스스로 솟아오르기를 염원한 것이었다.

그러므로 이러한 자세로 佇立한 두 채의 石塔은 분수의 대좌처
럼 바로 그 頂点 위에 마구 넘쳐 거꾸러지는 하늘! 오직 하늘은 높
고 넓고 푸르기만 할 뿐 여기서는 어떠한 意味도 아직 한발 내딛지
못한 채 그저 높고 넓고 푸른 그대로 또한 凝結되어 있는 것이다.

하늘! 언제나 짙푸른 하늘. 그의 드높은 意志의 고요한 중량을

310

저울에 끼운 추돌 모양 저렇게 드리워둔 것이나 아닌가 한다. 나는 이제 눈을 들어 바라보는지……고개를 수그리고 명상하는지…… 이미 나를 구성한 모든 사개가 물러나고 나는 다만 하나의 위치 위에 까맣게 焦點하여 떨고 있을 따름이었다.

꽃 속에 묻힌 집

동시집   청우 · 1958

박꽃

저녁 어스름 속에
박꽃이 핀다.

반딧불이 어둠을 흔들며
박꽃 속에 숨으면,

점점이 하얀 박꽃
보오얀 둘레로 떠오른다.

누군지 마루에 앉아
다리미질을 한다.

다리미에 담긴 숯불이
오르락 내리락……

빠알간 숯불에 비치어
어머님 얼굴이 떠오른다.

달밤

할머니 제삿날 밤에
혼자 세수를 한다.

대야에 뜬 달을 떠서
혼자 세수를 한다.

달은 산산이 깨어져도
다시 금가지 않는다.

세숫물이 흐리어져도
달은 그냥 마알갛다.

산울림

산울림 산울림
낮잠 깨었나?

나무꾼이 소리하면
나무꾼 소리……

노장님이 염불하면
노장님 흉내……

아랫마을 송아지도
울지 않으면—

옛날 같은 고요 속에
다시 잠자나?

아기봄

봄아!
아기봄아!

걸음마
걸음마
걸어오나?

어디 보자
아기봄아!

한 손엔
개나리,

한 손에
한 손엔
노랑나비.

가을 하늘

아가! 이 나무 등걸을 보렴.

얼마나 높이 불길이 치올랐기에
잎새랑 가지가 이렇게 말짱 타버렸겠니?
얼마나 거센 불길에 휘감겼기에
이대로 서서 숯꺼멍이 되도록 타버렸겠니?

아가! 이 돌덩이를 좀 보렴.

얼마만큼 뜨거운 불길이었기에
이 섬돌이랑 주춧돌 꺼풀이 벗겨지고,
저 여문 돌기둥마저 터지고 말았겠니?
아 얼마나 못 견디게 뜨거운 불길이었기에—

아가! 저 뚫린 구멍을 내다보렴.

얼마나 두려운 포탄의 진동이기에
무너진 지붕 밑에 벽은 갈라져도,
톱니바퀴 모양 뚫어진 저 구멍 속엔
너언 가을 하늘이 호수처럼 고였고나!

석굴암에서

푸른 이끼 속에
오색 영롱한 구슬 꾸러미!

차디찬 그 돌 속에
들먹이는 젖가슴 고운 숨소리……

푸른 이끼 속에
물이 반쯤 담긴 호로병 하나,

그 볼록한 꽃병 속에
신비로운 봄일랑 배슬고 있다.

가을

무엇이 깊은 데로
잠기는 것 같고나.

크나큰 침묵으로
들어서기 바로 이전.

한없이 투명한 속에
담긴 것을 보는가……

소공동 시

플라탄 잎이 지는
소공동 해진 날에,

노변이 굽어뵈는
창 아래 마주 앉아,

물끄러미 찻잔을 놓고
무슨 말을 하든고……

눈부신 차림들이
물밀어가는 이곳,

갈잎 달이 뜨는
강둑에나 앉았는가

그대와 마주 앉으면
기억마저 멀고나.

외롭고 가난함이
얼마나 복되느뇨

분주한 무리 속에
백로처럼 도사려도

휘영청 가을 하늘은
뉘를 위해 푸른가.

멀고 가깝기는
산과 물만 아니어니

나직한 말소리에
입김 서로 느끼건만,

때아닌 안개에 묻혀
윤곽마저 흐린다.

三行詩六十五篇

삼행시집   아자방 · 1973

蘭 있는 房

蘭 있는 房이든가, 마음귀도 밝아온다.
얼마를 닦았기에 눈빛마저 심심한고
흰 장지 九萬里 바깥, 손 내밀 듯 뵈인다.

洗禮

立春 가까운 볕살은 볼 부비는 시늉
숲속에 틈바구니에 한창 자상스런 工事,
그 위에 生金가루 물을 뿌리네, 그 누구요.

꽃 피는 숨결에도

꽃 피는 숨결에도 子美는 눈물지다.
고운 그 마음에 짐지운 아픔이라
스스로 꽃다운 몸짓, 못가짐이 설어라.

먼 앞대 바닷가엔 첫눈이 내렸다냐
헐벗은 저 나무들 밤낮없이 우니는데
내 어찌 가슴 조임을 벌받는다 하리오.

無緣

뜰 안에 梅花 둥걸 팔꿈치 담장에 얹고
행길로 가던 분도 눈여겨 보게 한다.
한솥에 살아온 너희는 언제 만나보겠노.

祝祭

살구나무 허리를 타고 살구나무 혼령이 나와
彩扇을 펼쳐 들고 신명나는 굿을 한다.
자줏빛 진분홍을 돌아, 또 휘어잡는 연분홍!

봄은 누룩 딛고 술을 빚는 손이 있다.
헝클어진 가지마다 게워 넘친 저 화사한 발효
天地를 뒤덮는 큰 잔치가 하마 가까워오나부다.

撮影

입덧난 乳白 속에 童子들이 숨어 있다.
서로 시새우며 또 마주 희롱하며
어느날 비눗물을 찍어, 불던 일을 되새기며.

初旬 개인 하늘빛 창살에 깔리는 아침
젊은 안주인이 달리아를 꽂아놓고
옷자락 옮겨가는 소릴 귀담아들 듣고 있다.

다시 조용해진다, 얼마나 무료했던가
제여곰 꽃대를 입에 물고 불어본다.
탐지고 예쁜 꽃송이들이 비눗방울 모양 부푼다.

따사롭기 말할 수 없는 無題

朱黃色 네모난 저 돗자리를 누가 펴고 있나
두루마리, 물빛 두루마리 걸어놓은 가장이에
모이를 찾듯, 몇개의 꽃잎이 머리 맞대고 앉는다.

이것이 속임수라면 네 눈은 이미 병들어 있다.
견디기 알맞은 배고픔, 참기 어려운 배부름
진실로 따사로워라, 말할 수 없는 이 호젓한 無題!

항아리

종일 市內로 헤갈대다 亞字房엘 돌아오면
나도 이미 장 안에 한개 白瓷로 앉는다.
때묻고 얼룩이 밴 그런 항아리로 말이다.

비도 바람도 그 희끗대던 진눈깨비도
累累한 마음도 마저 담았다 비운 둘레
이제는 또 뭘로 채울 것가 돌아도 아니본다.

李朝의 흙

솔씨가 썩어서 송진을 게워내기까지
송진이 굳어서 반쯤 蜜花가 되기까지
용하다 李朝의 흙이여 너는 얼마만큼 참았는가.

슬픈 손금을 달래던 마음도 네게로 가고
그 숱한 비바람도 다 네게로 갔는데
지금쯤 李朝의 흙이여 너는 어디만큼 닿았는가.

하룻밤 칼을 돌려대고 五百年 훔쳐온 이름
어느 골짜기 스스로 그 無垢한 눈을 길러
끝끝내 찾아낸 네 乳白의 살은 또 어디로 옮겼는가.

어느날

구두를 새로 지어 딸에게 신겨주고
저만치 가는 양을 물끄러미 바라보다
한생애 사무치던 일도 저리 쉽게 가것네.

딸에게 주는 箴記

十年이면 江山 둘레 풀빛도 변한다는데
그 十年, 갑절도 넘겨 지고 온 애젓턴 짐을
그토록 애젓턴 짐을, 부리고 돌아서는 허전함이여.

빚지지 못해보고 어이해 그 빚을 갚는다느냐
보아라, 저기 首陽山 그늘은 江東八十里
내 도로 너희들 그늘에 묻혀 箴이나 불러주마.

꽃의 自敍

지난 철 가시구렁 손톱이 물러빠져
눈 덮인 하늘 밑창 발톱마저 물러빠져
뜨겁고 아픈 경치를 지고 내 예꺼정 왔네.

뭉개진 비탈 저쪽 아득히 손차양하고
귀밑볼 사운대던 그네들 다 망설여도
오지게 눈치없는 차림 내 또 예꺼정 왔네.

不在

門 빗장 걸려 있고 섬돌 위엔 신도 없다.
대낮은 밤중처럼 이웃마저 不在하고
草木만 짙고 푸르러 기척 하나 없는 날……

억새풀

奉恩寺 가는 길은 억새풀 바다였다.
천이랑 만이랑 벌판을 덮던 물결
荒凉도 아름다울손, 그 가을 그 억새……

멀리 해으름은 솔푸른 그늘에 젖고
新刊 古書들 나란히 꽂힌 房안
억새풀 우짖는 소리, 僧俗 따로 없었다.

銀杏잎

벌써 가을이 진다, 古宮은 가을이 진다.
노오란 소낙비로 으능잎 가을이 진다.
바람도 조각난 가을, 소슬한 가을이 진다.

圖章

옛날 옹기장수 舜임금도 지나가고, 안경알 닦던 스피노자도 지나가던 길목. 그 길목에 한 불우한 少年이 앉아, 도장을 새긴다.

田黃石을 새기다 田黃石의 고운 무늴 눈에 재우고, 象牙를 새기다 象牙의 여문 質을 손에 태운다. 향木도 회양木도 마저 새겨, 동그란 도장, 네모난 도장, 온갖 도장을 다 새긴다. 하고많은 글자 중에 사람들의 이름字, 꽃이름 새이름도 아닌 사람들의 이름字, 꽃모양 새모양으로 篆字體를 새긴다.

그 少年, 잠시 칼질을 멈추고, 지나가는 얼굴들을 바라본다. 그 많은 얼굴 하나같이, 지울 수 없는 도장들이 새겨져 있다. 찍혀져 있다.

내가 네 房안에 있는 줄 아는가

어느날 문득 먼 귀울림, 내가 짐짓 네 房안에 있는 줄 아는가?

내 한쪽 둘레에 쬐그만 싸리꽃 피고, 바람에 묻어온 코발트의 나비, 또 한 五百年 유치원엘 다녀온 鐵砂의 龍, 그리고 내 무릎 앞에 네가 있고, 네 房안 세간과 네 妻子, 그리고 火藥庫와 성냥개비. 네 눈치, 네 수염, 네 사랑, 그리고 숨바꼭질과 또 어드메 눈곱만큼도 세도 없는 나라. 그 나라의 티끌, 꽃도 龍도 배슬어낸 너희 어머님! 그리고 저 유유히 잇닿은 因緣의 江.

진실로 고얀지고. 네가 날 어찌 몇푼의 銀子로 바꿀라는가? 내 인제 이가 좀 빠지고, 허리에 얼룩진 醬물이 배었다기로.

늪가에 앉은 소년

생시엔 꿈도 깰 수 없어, 연방 내리쬐는 뙤약볕은 무섭도록 고요하다. 혼자 뒤처진 한 소년이 늪가에 앉아, 피라미새끼 노니는 것을 보고 있다.

저 白金빛 반짝이는 늪물 속엔 장대가 하나 꽂혀 있다. 장대의 그림자도 물에 꺾인 채 거꾸로 꽂혀 있다. 멀리서 터지는 砲소리, 그 砲소리에 놀란 어린 새가 앉을 데를 찾다가 장대 끝에 앉는다. 어린 새의 체중이 장대를 타고 흔들린다. 털끝만큼 흔들린 장대는 물 위에다 몇겹으로 작은 파문을 그린다.

이 순간, 파문에 놀란 피라미떼는 달아나고, 장대 끝에 앉은 어린 새 모양, 혼자 뒤처진 그 소년도 연방 물속으로 늪물속으로 빨려들어갈 듯 앉아 있다.

겨울 異蹟

남은 심지 끝에 마지막 타는 기름
어드메 네 눈시울, 이슬을 거둬가는 찰나!
오동지 雪寒을 헤집고 죽순으로 돋거라.

백모란

이 한조각 하얀 宣紙 온갖 形容을 앉히는 자리
바람에 나부낀 네 살갗은 아직 오지 않아도
질탕히 신들린 마음을 타고 떨기째로 와 있다.

물감을 풀다 말고 저 투명을 받아낸 손놀림,
이제는 雨露도 기름진 뜨락도 다 그만두고
人爲와 無爲로만 다리 놓아 서로 건너다닌다.

모란

봄을 이운 뜨락에 눈부신 죄를 짓자.
바람 없는 날도 나울 쳐 나울이 쳐
그 외침 불길로 번져 살찌짐을 하건만.

여기 어느 궁궐, 담을 넘어온 도둑같이
눈으로 간음하기 다시는 못할 노릇
화사한 고약을 조려 아린 데를 덮어라.

꽃과 乞人

져버려, 무더기로 져버려, 작약꽃처럼
삼사월 기나긴 봄날도 나빠라 나빠라
後妻가 데려온 그 겁많던 큰애기를 더불어.

榻 아래 엎드리고 있다. 초라히 늙은 乞人
굽어만 보지 말고 때도 허물도 벗겨라
꽃망울 두꺼운 꺼풀들이 벗기우듯 그렇게.

傳說 1

카이젤 수염을 한 어느 盜賊놈 소굴
주름 번득이는 검은 바월 등지고
꽃같은 髑髏가 나와 샘을 긷고 있었다.

傳說 2

千年 반석 밑에 그날같이 고인 물빛!
한방울 지는 소리 파뿌리 靑孀 과수
그 蛾眉 싱그러운 볼도 한 이불로 재운다.

꿈의 蓮못

물속에 잠긴 구름, 千年도 덮어줄 너의 이불
네 혼자 귀밑머리 풀고 문풍지 우는 한밤중
어느 뉘 두레박이 퍼올리리오, 저 짙푸른 꿈의 蓮못.

고와라 蓮꽃수렁, 깊숙이 깔린 자욱한 人煙
천당도 푸줏간도 한지붕 밑, 연신 일렁이는 還生
눈부신 지옥, 드높은 시렁에 너는 거꾸로 매달린다.

꿈도 아닌 세상, 임시가 영원 같은 세상
지금 저 떼거지의 龍袍, 王의 남루는 누가 벗기리
저어라, 서둘러 노를 저어라, 아 끝없는 꿈의 蓮못.

關係

말없이 자리를 뜰 때마다 꼭 무엇에 빼앗기는 것만 같더니

물기 있는 하늘 속에 뛰어든 꽃망울, 그 꽃망울의 사운댐을 네 가슴에 옮겨놓고 보고 싶더니

아직은 값치지 못할 七寶로 덮인 山봉우리, 그 五色 봉우리를 너는 또 네 몸에 지니고 다닌다.

흩어진 노리개의 부스러기도 原形 그대로 이빠진 자국을 맞추더니

문득 플라스틱으로 만든 포도알, 그 인조 포도알을 가지고도 감쪽같이 싱그러운 果汁을 짜내더니

마침내 너는 또 네 몸에 풍기던 그 살내음을 휘저어, 다시 뇌물에 失明한 이의 눈도 띄운다.

회를 친 얼굴

실로 우연한 기회, 그림 앞에 서 있었다.
물거품 하나 없이 솟아오른 눈부신 이 아침
모처럼 퍼지는 햇살 속을 핏빛 해일이 열린다.

지금쯤 회를 친 네 얼굴, 어디 가 숨었는가
바람도 축축하여 머리채를 흔드는가
세계를 온통 비우듯 그렇게 몸을 풀고 있는가.

生金짱 마구 깨뜨리는 이 조용한 난장!
한번 더 나타나라, 회를 친 생채기 얼굴
싸늘한 가슴 그 빛깔로 다시 문지르고 싶구나.

어느 親展

꽃 千길 문드러져 깎아지른 낭떠러지
날개 푸른 매처럼 너를 내려덮치리니
눈 감고 도사려 앉았거라, 봄 우레 사나워도.

섶둥치 불길로 번져 회오리 벌판을 갈듯
질기고 날카롭기에 받아야 할 고운 報復
골 하나 숨이 차, 숨이 차, 오히려 처절하다.

油畫

한여름, 마로니에 그늘에 얼룩져 서다
벽돌 붉은 벽엔 새기다 그만둔 彫刻
그밖에 모든 未完成들, 눈에 삼삼 밟히는 날.

여기는 中世, 또 어느 고풍한 여인숙!
때절은 베개 위에 나도 때를 묻히다가
앞서 간 그 어진 同行者여, 안부마저 궁금타.

寫眞

이건 사진 아니냐, 찍으려다 못 찍은 그 사진.
어느 젊음, 잠자듯 누워 있는 널조각 위에
하르르 떠는 꽃잎, 그 위에 내려앉는 나비 한마리.

配置

건너편 낡은 의자엔 젊은 한쌍이 앉았다.
저쪽 벽을 지곤 三十代 여인이 혼자
또 어느 初老의 눈은 훤히 행길만 내다본다.

가을 뜨락에 서서

이마에 마구 짓이기던 그 毒한 꽃물도
몸에 둘렀던 그 짙고 어두운 그늘도
이제는 다 벗을 수밖에…… 벗을 수밖에……

채어올린 물고기 그 살비린 숨가쁨
낱낱이 비늘 쳐낸 지난 뜨락에 나서면
보아라, 혼령마저 적시는 이 純金의 소나기.

다들 올올 떨며 싸늘한 盞을 서로 대질러
찢긴 남루자락 휘몰아 질펀한 자리
이제는 쉽게 슬플래도 슬퍼질 수가 없어……

허구한 나날 눈익은 길은 다시 서툴고
더는 내려설 수 없는 그 어느 돌계단
또 뉘가 낭자한 印肉으로 저 아픔을 찍는가.

今秋

이 하늘 이 거리에 네가 어찌 서 있느냐.
한알 열매처럼 가을을 온통 다 적신 눈빛
千마리 羊떼의 피보다 더욱 진한 祭需로!

凋落

불현듯 일어서도 어디고 갈 데 없다.
날도 가을도 다 저문 이 하늘에
잎잎이 헛것이 되어 흩날리고 있었다.

안개

숲빛 숲, 붉은 언덕, 선잠에 잠겨 있다.
언젠가 목숨들이 스스로 깨어나서
한꺼풀 허물을 벗고 어미 품에 안기듯……

아직은 제 모습을 찾아 입지 못한 時刻,
胎 속에 꿈틀대던 진통마저 가라앉고
한번 더 깨어날 날을 미리 보라 하던가.

밤비 소리

가랑잎 흩날려도 그냥 젖지 못하거든
산다는 시늉조차 어찌 이리 허술하냐
저녁상 물린 다음엔 빗소리를 추적인다.

늦가을 저 밤비 소리 오늘만 아니었다
혼자 짐을 꾸려 먼 길을 떠나던 날도
언제나 옷깃에 묻혀 새겨듣기도 했었다.

降雪

裸木 가지끝에 서성이던 머언 소식
퍼얼 펄 쏟아지게 함박눈 내리는 날
어드메 아련한 길로 門이 한채 열린다.

그 뉘는 함박눈을 鐘소리라 하더니만
드높이 쌓인 고요, 첩첩이 무너진다.
깊은 데 숨긴 상처만 꽃잎보다 붉은데……

耽羅記

耽羅의 아침 몸짓, 날개처럼 펼쳐진다
틔어오는 紫水晶 아득한 스란 속에
찬란히 품었던 알을 배슬이던 그 무렵.

오늘도 그날다이 다시 보는 고운 개벽
시루에 김 오르듯 姓氏들이 오르더니
유자꽃 그늘에 앉아 봄을 맞고 있었다.

人間나라 生佛나라의 首都

新羅 一千年 서라벌은 한 王朝 아니라, 한 王朝의 서울 아니라, 진실로 人間의 서울, 오직 人間나라의 서울이니라.

한 가닥 젓대의 울림으로 萬이랑 사나운 물결도 잠재운 나라, 모란빛 진한 피비림도 새하얀 젖줄로 용솟음치운 나라, 첫새벽 홀어미의 邪戀도 여울물에 헹궈서 건네준 나라, 그 나라에 또 소 몰던 白髮도, 行次에 나선 젊으나 젊은 남의 아내도, 서로 罪 없는 눈짓 마주쳤느니

꽃벼랑 드높은 언덕을 단숨에 뛰어올라, 기어올라, 天地는 보오얀 봄안개로 덮이던 生佛나라 生佛들의 首都이니라.

古山子 金正浩先生頌

철쭉이 진다. 全身에 철쭉이 진다. 滿山 철쭉이 점점이 어룽진
다. 흥건히 떨어져 수북이 꽃잎은 쌓인다.

바람도 햇빛도 오지 않는 이 세상 저승, 典獄署 監房 안엔, 뒤척
여 뒤척여도 굴신조차 할 수 없는 한 분 囚人이 앉아 있다. 萬古에
외로운 囚人이 앉아 있다. 날이 날마다 그 濕하고도 어두운 그늘에
묻히어, 바랠 대로 바래져 흴 대로 희어진 그의 살갗 위에 꽃잎이
亂杖으로 어룽진다. 어룽진 꽃잎은 또 어쩌면 그리도 영절스레 山
을 그리고 江을 그리던가? 오오 大東輿地圖! 저기 千年 묵은 지네
처럼 山의 등뼈 갈비뼈를 새겨내던 그의 팔뚝, 그의 부르튼 손끝이
파르르 떨고 있다.

보아라 저 白頭山 天池, 漢拏山 白鹿潭에도 한결같이 그의 푸른
마음은 떨고 있다. 달빛처럼 드푸른 마음은 떨고 있다. 지금 이 百
年 後生의 가녀린 가슴에도 사시나무 떨듯 그렇게 떨고 있다.

물빛 속에

휘파람 저 휘파람, 투명한 유리조각
오늘도 그날 위에, 네 눈도 그 이마 위에
다가와 포개진 그들 물빛 속에 어리우네.

翡翠印靈歌
破片 1

본디 끝없다가 또다른 모양을 금긋던 부분
이렇게 한 結晶으로 돌아온 내 슬픈 비늘이여
깊은 밤 미친 풀무질 속에 녹아나온 혼령이여.

하늘 푸르른 거미줄에 걸려든 辰砂 꽃잎!
다시 어느 무한으로 잘려간 저 구름의 꼬리
무너진 너의 潛跡을 찾아 構造 안에 머무느냐.

葡萄印靈歌
破片 2

아픔을, 손때 절인 이 적막한 너희 아픔을,
잠자다 소스라치다 꿈에서도 뒹굴었다만
외마디 끊어진 신음, 다시 묻어오는 바람을.

풀고 풀어볼수록 가슴 누르는 찍찍한 붕대 밑
선지피 얼룩진 한송이 꾀벗은 포도알!
오늘이 오늘만 아닌 저 끝없는 기슭을 보랴.

착한 魔法

몇十層 빌딩보다 오히려 키가 큰 너
지금 먼지구덕에 어깨 쭈그리고 앉았지만
한때는 불구덩에 휘말려도 차디찬 눈발 끼얹던 너!

너는 언제나 시들지 않는 꽃을 입고 있다
너는 목도리로 雷文을 휘감고 있다
그리고 또 하늘도 구기지 않고 그대로 담고 있다.

形象

설레던 그 물결이 이다지도 잔잔터냐
너 얼마를 깊은 데서 씻기어 나왔기에
한 오리 추억도 아예 발붙이지 못하느냐.

목숨을 받아나기 오죽이나 힘든 일가
아침 빛 건너오면 무심한 체 돌아봐도
빌려온 거죽 안에서 향내만이 들리거니.

硯滴

손에 쥐고 왔다 다시 옮겨 쥐여준다.
그가 데운 온기, 내 살에 스미는 백자
이 희고 둥근 모양을 어따 도로 옮기나.

흙이 불에 들어 한줌 뭉친 눈송이!
손과 손을 거쳐 오늘 여기 내온 모양
시시로 볼에 문질러 눈을 감고 찾는다.

눈에 묻은 때는 눈으로 씻어내고
마음 어린 그림자 마음으로 굽어보다
어드메 홈대를 지르고 다시 너를 채울까.

金을 넝마로 하는 術師에게

네 앞에 있으면 그저 멍멍하구나. 어디에 대질렸던지 산산이 금 간 저 영혼의 거죽. 이제사 나도 너처럼 나를 놓아버리고저! 그동 안 얼마나 부질없는 기나긴 여행이던가.

저희가 손끝으로 날리던 名目의 새는, 공중에 표표하는 나뭇잎 부스러기 종이 조바기…… 너는 또 이네들을 하나하나 옷 입히는 자상한 術師. 일찍이 너를 기웃거린 그 많은 구경꾼, 숫제 다른 박 수와 눈물을 찾아 길을 떠났지만.

그러나, 또 무슨 꿈으로 요량하는가. 어느새 손바닥에 궁궐이 서 고, 머리 위에 내려앉는 머언 斗牛의 물빛! 여지껏 광을 내던 나의 金은, 오호라 네 앞에서만 이렇게 마구 넝마처럼 뒹구는구나.

開眼

　살이 빠질수록 더욱 고운 살갗, 바람을 맞아 겨드랑을 드러낸 꽃들이 이른 아침을 눈썹처럼 문지른다. 어쩌면 말을 잃어버린 순간이 저런 것일까.

　저 흰 어깨 위로 손이 닿자마자 그 꽃들은 또 물에 밴 듯 번져난다. 이것은 흘려쓴 우리들의 부적일 수도 있고, 이미 닫힌 문틈에 물린 옷자락일 수도 있고, 또 그날 눈앞에 겹쳐지던 지느러밀 수도 있다. 그렇지만 이제는 네 속을 헤엄쳐 왕래할 수 있는 곳에 나는 가까이 와 있는 성싶다.

　지극한 순결은 마침내 형용을 잉태한 채 어느새 만삭이 임박하다. 天地와 더불어 얼마나 살았는가, 비로소 이마에 은발을 이고 눈이 밝아온다.

門

저기 막다른 길목, 쇠를 채운 門이 있다.
담 하나 사이건만 어디라 이리 먼가
도망도 못 갈 하늘은 한빛으로 씌우는데.

現身

한자리 내쳐앉아 생각는가 조으는가
億劫도 一瞬으로 향기처럼 썩지 않는 말씀
돌조각 무릎을 덮은 그 無名 石手의 손에.

얼마를 머뭇거리다 얼룩 푸른 이끼를 걷고
속살 부딪는 光彩로 눈웃음 새겨낼 때
이별도 再會도 없는, 끝내 하나의 몸이여!

몸

분명히 입성인걸, 하염없이 앉은 이 몸
한자락 하늘 끝에 머흐는 구름인걸
목숨이 잠시 입었다 벗어두고 가지만.

무엔가 목숨이란 빛도 꼴도 없는 그것
한송이 꽃이랄까 한알의 열매랄까
아득히 미묘한 숨결, 숨겼던 집이랄까.

물로도 흙으로도 뒤집다 나타나다
굳은 채 돌이 되면 그 속에 갇히는 것
부르면 이름을 업고, 모양지어 나오는 것.

돌아온 틀이

틀아, 명타고 福타라고 빌어 낳은 틀아 너는 예서 못 살아, 서양 사람 養子 갔다가 돌아왔고나.

이제는 다 커서 돌아온 바위, 德壽宮 版畫展에서 만나본 바위, 돌아와 만난 너는 어째서 洋服地 모양 구겨져만 있느냐, 獸皮 모양 부들부들 떨고만 있느냐.

米芾이 절 받던 바위는 정 맞아 城돌이 되고, 우리네 틀이는 서양사람 養子 갔다 노랑내를 피우며 돌아왔고나.

춤 1

燒酒 아니다, 빼주 아니다, 그날 네가 권한 꼬냑은 더욱 아니다.

칠칠한 바닷속으로 바다 같은 숲속으로 내몰려 두 눈에 쌍심지 돋던 가락, 이제 그런 가락은 없을라. 다시 없을라.

지금은 진하다 못해 말간 蒸溜水 같은 액체, 그 액체 속의 봄비 같은 것만 가비얍게 가비얍게 흩날려온다.

춤 2

물속을 돌아드는 나선형 돌층계로
발끝 발끝마다 물줄기가 솟아올라
어느새 차양을 걷은 저문 날의 죽지들.

사방은 벽이어도 門은 절로 열리어
구석진 그늘마다 옮겨놓는 울음 속
내려도 쌓이지 않는 눈사태를 펼친다.

巫歌

접었다 펼친 華扇 춤출 때 알아봐라!
日月도 三角山도 파르르 떨고 만다
노잣돈 챙기던 處容, 온데간데 없어라.

으스름 달빛 아래 방울소리 요란하다.
人造라 人工이라 요사스런 귀신들아
새벽이 열리기 전에 탈을 벗고 앉아라.

나의 樂器

실로 몇백년 묵은 樂器 한채가 놓였것다
줄도 다 끊어지고, 雁足도 닳아 망가지고
애타던 그 무릎 위에서 제소리 한번 못 꾸린 樂器.

몇번은 혼수에 빠지고, 몇번은 까무러치고
毛骨이 조이도록 뜬눈으로 꼬박 지새인 밤은
피맺힌 이 열 손가락 진물 흐르기 몇번이던고!

내 이제 가락을 찾아 미처 모를 춤을 춘다
홀리던 鬼神도 타일러 저만치 눌러앉히고
하늘을 온통 물들이던 노을도 구름도 불러다가.

일

일을 저지르자면 사뭇 징그럽고 섬찍해야지
일을 저지르자면 등허리를 칭칭 감아야지
불붙는 혀를 둘로 쪼개야지, 정작 일을 저지르자면

어느새 찍힌 잇자국, 또 일을 저질러야지
목 밑에 문득 주먹 같은 혹이 하나 불거진다
벌어진 꽃비늘 사이로 서린 毒氣를 빛내야지.

풀밭을 누비다가 다시 전신을 파닥이다가
배를 깔고 기다가 꼿꼿이 선 쇠꼬챙이!
동산에 드리운 과일도 꺾어 네 능력을 보여야지.

樹海

도끼에 닿기만 하면 선 채로 썩어지는 나무
한번 보기만 해도 삽시에 연기로 갈앉는 나무
몇백리 지름을 가진 그런 숲속에 묻히고 있다.

숨을 거두는 향기 속에 멍석만한 꽃이 피고
먹으면 마취되는 아름드리 복숭아 열매
인종은 벌레만 못해, 발도 아예 못 붙인 이곳.

칠흑의 머리를 푼 수양버들이 달려오고
휘황한 등불이 매달린 계수나무도 달려와서
九天에 휘장을 두르고 세상 밖에 노닐고 있다.

紅梅幽谷圖

네 몸은 뼈만 앙상, 타다 남은 쇠같이
뒤틀린 등걸마다 선지피 붉은 망울
터질 듯 맺힌 생채기 향내마저 저리어라.

여기는 푸른 달빛, 희부옇던 눈보라도
감히 오지 못할 아득히 외진 골짝
저 안에 울부짖는 소리 朔風만은 아니다.

文明의 살찐 과일, 이미 익어 떨어지고
꾀벗은 푸성귀들 빈손으로 부비는 날
참혹한 難을 겪어낸 못자국을 남기리니.

차웁고 매운 말씀, 몸소 입고 나와
죽었다 살아나는 너 異蹟의 동굴 앞에
더불어 질긴 그 목숨 새겨두고 보잔다.

슬기로운 꽃나무

꽃나무 내부에는 수많은 少女들이 있다. 땅밑 깊은 곳에서 길어 올린 두레박을 들어붓는다. 꽃나무는 움이 고물거리고, 마른 껍질 생기가 돌고 윤이 흐른다.

꽃나무 그늘을 비껴, 하얀 섬돌이 하나 놓여 있다. 꽃나무는 저 섬돌 위에 신발을 벗던 그 夫人의 눈매를 추모하고, 이쪽 가지에 몇 송이의 꽃을 피운다. 또 이 꽃나무는 어느 젊은 端午날, 그 夫人의 鞦韆하던 몸매라도 기억했으면 능히 그 기억만으로 그날 나부끼던 그의 옷자락처럼, 다시 저쪽 가지에도 더욱 흐드러진 꽃을 피울는지 모른다.

어느새 꽃나무 위엔 조무래기 앵두 입술의 少年들이 놀고 있다. 더러는 과일 모양 가지에 매달리기도 하고, 더러는 또 그 과일을 따먹는 잔나비 모양 줄타기도 한다.

科學 非科學 非非科學的 實驗

한 장의 無色 투명한 거울이 수직으로 걸어온다. 맞은편에서도 꼭 같은 無色 투명한 거울이 수직으로 걸어온다. 이 두 장의 거울은 잠시 한 장의 거울로 밀착되었다가, 다시 둘로 갈라져 제각기 발뒤축을 사뿐 들고 뒤로 물러선다.

뜻밖에 이 난데없는 거울 앞에, 또 난데없는 손이 하나 나타나 한 자루의 촛불을 밝혀든다. 순간, 촛불은 앞뒤로 비친다. 하나의 촛불은 하나의 촛불로 비추고, 그 비쳐진 촛불은 촛불을 비추고, 비쳐진 촛불은 촛불을 비추고, 다시 비추고 비치고, 비치고 비추고, 一千의 촛불은 一千의 촛불을 비추고, 千萬 億萬의 촛불은 千萬 億萬의 촛불을 비추고, 恒河沙의 촛불은 恒河沙로 비추고, 阿僧祇의 촛불은 阿僧祇로 비추고, 那由他 不可思議의 촛불은 那由他 不可思議로 비추고, 다시 비치고 비추고, 비추고 비치고, 無量無盡의 촛불은 無量無盡의 촛불로 비춘다.

오호라, 이 無量無盡의 촛불은 일렬로 늘어서서 저기 저어 無色 투명한 거울 속, 그 깊으나 깊은 동굴 속에 서로 비치고 있다. 깊으나 깊은 동굴 속, 無量無盡의 촛불은 먼저 그 단 하나의 촛불이 꺼지는 一瞬! 그 一瞬에 다 꺼져, 一切의 無明 無無明 속에 잠기고 마는 사실을 내 지금 확실히 보고 있다. 明明한 實驗을 통하여 내 지금 明明히 촛불 보듯 보고 있다.

雅歌 1
아사녀의 노래

지금도 지금도 그리움 있으면 影池 가로 오너라
그날 지느러미처럼 휘날린 내 치맛자락에
산산이 부서지던 구름발 山그림자 그대로 있네.

아무리 굽어봐도 이는야 못물이 아닌 것을
그날 그리움으로 하여, 그대 그리움으로 하여
내 여기 살도 뼈도 혼령도 녹아내려 질펀히 괴었네.

보고파라, 돌을 불러 잠 깨운 신기한 증험!
十里 밖 아니라, 千里 밖 萬里 밖이라도
꽃쟁반 팔모 난간 층층이 솟아 이제런 듯 완연하네.

千年 지난 오늘, 아니 더 오랜 훗날에도
내 이대론 잴 수 없는 水深의 그리움이기에
탑보다 드높은 마음, 옮겨다 비추는 거울이 되네.

지금도 지금도 늦지 않네, 影池 가로 나오너라
시시로 웃음살 주름잡는 山그림자 속에
내 아직 한결같이 그날 그 해질 무렵 받고 있네.

雅歌 2
아사녀의 노래

　빛보라, 서늘한 빛보라, 이것은 무엇인가? 희다 못해 오히려 으슴푸른 별빛…… 탑은 白雲橋 층계를 내려서서 짐짓 걸어본다. 선연히 못물 속에 들어선다. 머리엔 屋蓋를 받쳐들고, 찰삭이는 물살에 발목을 적신다.

　눈이 부시게 반짝이는, 저건 또 무엇인가? 빛을 받아, 별빛을 받아, 빛무리 별무리 해맑은 둘레…… 물이 불은 影池는 쉴새없이 잔잔한 波長으로 번져난다. 어느새 그 깊은 둘레 속에 南山도 잠기고, 구름같이 즐비한 서라벌 장안! 그 너머 또 산과 들로 농울쳐간다.

　아사달, 아사달, 이제야 나는 안다. 밤마다 흘러넘는 빛보라 있어, 千萬斤 무게의 우람한 돌도, 미리내에 밀리는 돛단배처럼 가벼이 다녀가는 그대 그림자! 그러기 출렁이는 이 가슴 자맥질하여, 내 언제나 가지록 짙푸름을 숨쉬고 산다.

남은 溫氣
가람 선생 靈前에

桂洞 제일 막바지 물지게 진 젊은 아낙
말 좀 물읍시다, 가람 선생 댁이 어디요
먹기와 낡은 오막집 눈으로만 가리키네.

대문을 두드리자 짐작으로 알으신 척
어줍은 걸음걸이 面刀마저 잊으시고
너무나 외로우시던 참에 눈빛으로 반기시다.

서울에 오래 사셔도 시골서 갓 오신 티
그 말씀 그 웃음 어디 하나 다치신가
구들목 남은 溫氣나처럼 밤을 에워쌓더니.

지금은 옛집 뒷산 흙으로 돌아가고
그의 남긴 글은 밤낮으로 입에 올려
사람이 죽고 사는 일을 무관하게 하시네.

달의 노래

爾豪愚 詞伯 靈前에

洛東江 나루터에 달빛만 푸르다더냐
사슬 묶인 날은 그 마음 더 푸르더니
풀섶에 생애를 묻고, 몸도 마저 묻힌다.

쫓는 사냥꾼에 발을 삔 사슴처럼
빗장 닫아걸고, 나를 반겨 숨겨주던 밤
그 밤도 푸른 달빛은 뜰에 가득했어라.

집을 옮기고 뜰도 예대로 옮겨오고
그 木果 사람처럼 風霜에 부대끼더니
익어서 떨어지는 소리, 미리 듣고 알던가.

긴긴 밤 걷히어도 갈피조차 못할 판국
외로 닦은 길을 손잡고 가쟀으나
저 어둠 다시 헹궈낼 달은 이미 잠겼다.

墨을 갈다가

창작과비평사 · 1980

墨을 갈다가

墨을 갈다가
문득 水沒된 무덤을 생각한다.
물 위에 꽃을 뿌리는 이의 마음을 생각한다.
꽃은 물에 떠서 흐르고
마음은 춧돌을 달고 물 밑으로 가라앉는다.

墨을 갈다가
제삿날 놋그릇 같은 달빛을 생각한다.
그 숲속, 그 달빛 속 인기척을 생각한다.
엿듣지 마라 엿듣지 마라
용케도 살아남았으니
이제 들려줄 것은 벌레의 울음소리밖에 없다.

밤마다 밤이 이슥토록
墨을 갈다가
벼루에 흥건히 괴는 먹물
먹물은 갑자기 선지빛으로 변한다.
사람은 해치지도 않았는데
지울 수 없는 선지빛은 온 가슴을 번져난다.

뜨락

자고 나면
이마에 주름살,
자고 나면
뜨락에 흰 라일락.

오지랖이 환해
다들 넓은 오지랖
어쩌자고 환한가?

눈이 부셔
눈을 못 뜨겠네.
구석진 나무 그늘
꾸물거리는 작은 벌레……

이날 이적지
빛을 등진 채
빌붙고 살아 부끄럽네.

자고 나면
몰라볼 생시,
자고 나면
휘드린 흰 라일락.

變身의 꽃

아무도 없는 뜨락이었다.
이내 같은 흰 꽃이 피어 있는—

가까이 가보지 않았으나
이미 滿開한 배꽃일시 분명하다.

굳이 배꽃이 아니래도
이내같이 머흐는 꽃이었다.

하루는 이 꽃이
느닷없이 하나의 열쇠가 되었다.
꽃이 어찌 열쇠가 되는가?

느끼며 기다리며 또
오래오래 참고 살아볼 일이다.

이 꿈꾸듯 寂寂한 꽃은
어떤 엉구렁에서도 길을 낸다.

때로는 목숨도 잊어버리고
때로는 만남의 문턱으로 드나든다.

아무도 없는 뜨락에

호젓이 핀 이 이내 같은 꽃은—

回心曲

陶畫에서

1

바다 위에서 꽃이 피기는
沈氏皇后 때 겨우 있었던 일.

한꺼번에 세 송이나 피어나기는
바다가 접시 위에 옮아온 다음의 일.

수염을 꼬아 물고 앉았노라면
中天에는 電燈 같은 달이 떠온다.

2

꽃은 연꽃인데 잎은 唐草잎
잎은 문어발로 춤을 춘다.

구름도 허리를 쥐는 絃樂에 따라
일렬횡대로 쭈욱 늘어서고,

오가진 문어발이 어깨춤 춘다.
내 말이 거짓말가 마음 돌려라.

愁心歌

아파트 꼭대기에도
자욱한 귀뚜라미 소리,
이미 잃어버린 밤을
올올이 자아올린다.

알것다 알것다
그만하면 알것다.

남루한 영혼들
짜고 매운 양념으로
푸성귀 발기듯
그 살갗 치대고 있다.

알것다 알것다
그만하면 알것다.

깎아지른 벼랑 밑
강물은 숨을 죽이고,
홑이불 같은 달빛
강물 위에 깔려 있다.

알것다 알것다
그만해도 알것다.

毒感

배꽃이 피자면
봄은 아직 이르다.

볕 드는 양지는
새발의 피,
강물은 풀리어도
딛고 가야 할 살얼음.

귀를 빌려다오,
귀를 좀 빌려다오.
알게 모르게
앓고 있는 가슴들.

할말은 굴뚝인데
둑 위의 풀빛처럼
촉만 트는 무심한 수심.

이 봄 꽃샘추위
성한 사람 하나 없다.

白梅

피는 다 붉은 줄만 알았는데
유독 異次頓의 피는 하얀 젖빛이었다.
異次頓은 신라 官憲의 손에
붙들려 살생을 당한 줄만 알았는데
千年이 엊그제 같은 오늘
녹슨 철사처럼 헝클린 가지 끝에 옮아,
그의 피는 다시
하얀 젖빛으로 맺히는 것이었다.
그래서 이 그윽한 피는
있는 듯 없는 듯 울려퍼지는
이 핏망울의 꽃내음은
그의 法問을 생방송으로
잡음 하나 없이 걸러내는 것이었다.

398

화창한 날

　우리 평생에 이런 날이 며칠이나 될까. 지금 강변로엔 꾀꼬리 빛 수양버들, 머리 푼 細雨처럼 드리웠다. 흩뿌리는 시늉으로 千萬絲 가지마다 연초록 휘장 모양 드리워 있다.

　휘장에 가리운 外人墓地. 저 호젓한 丘陵에도 초록빛 사이사이, 흰 墓碑 사이사이, 개나리꽃 노랗게 어우러졌다. 블록 담장 밖엔 살빛 분홍꽃도 조금씩 조금씩 초친 듯이 번져난다.

　여기는 切頭山 드높은 聖堂, 낭떠러지 받쳐든 위태로운 난간을 기대선다. 삶과 죽음마저 남의 일처럼 굽어보기에 알맞은 곳. 살아 있는 외로움이 뼈에 사무친다.

新綠

참 신기한 일.

물에도 水深이 있으면 절로 물빛이 어리우듯,

우리의 염려도 멀고 깊으면 깊을수록 그만큼의 농도로 짙어지던가……

아무래도 깨쳐지지 않는다.

자맥질하던 물속에서 이제 막 숨가빠 솟아오르는 찰나!

물묻은 얼굴을 훔친다.

귀밑이고 목덜미고 앞가슴이고 싱싱한 물방울 타내린다. 굴러 떨어진다.

눈시울 껍적여도 산들한 속눈썹 촉촉하게 젖는다.

저쪽에는 또 무엇이 엉겼는가?

四方에 저것들은 어디서 안개 같은 물가루를 묻혀가지고 나왔는가?

연신 물결에 일렁이는 모양을 하고서 —

그렇지, 누구나

저것들이 바라뵈는 곳에 와닿으면

저 머언 플로렌스, 고요한 호반으로 헤엄쳐 오를 수도 있고,

그날 그 해질 무렵, 抱擁의 다음보다 더 잔잔한 외면으로 지나칠

수도 있다.

좀더 기다리며 굽어보자.

잔주름 波紋이 자고, 구름이며 또 부서져 이빠진 山그림자 도로 나타나고

아사녀! 아사녀!

에서 조금만 더 쉬고 있으면, 가진 것보다 더 반가운 것, 절실한 것들이 차츰 비치기도 하고,

또 어디서 옷자락 가벼이 스쳐지나기도 할 것이다.

不毛의 풀

늙은 庶人 杜子美
의지 없이 떠돌던
그 변방에도
풀은 철따라 푸르렀다.

고향 江南엔
담 너머 꽃잎 날리고,
부황난 처자
눈앞에 아른거렸나니

이룬 것 없이 나도
그만큼 찌들었는가
서울은 가을,
不毛의 풀만 무성하다.

代役의 풀

　허구한 날, 서울의 구정물을 다 받아내리던 청계천 6가. 그 냇바닥을 복개한 시멘트 위로 高架道路가 놓이고, 그걸 또 받쳐든 우람한 교각. 그 교각의 틈서리에 한 포기 강아지풀이 먼지 묻은 바람을 맞아 나부끼고 있었다. 시멘트 아스팔트로 덮인 서울은 풀씨 하나 묻힐 곳도 없는데, 이 교각의 강아지풀은 온갖 가냘프고 질긴 목숨들을 스스로 대신하고 있었다. 언제 어디서 어떻게 날아와 떨어진 씨앗이던가? 이 강아지풀은 또 좁쌀보다 작은 그의 씨앗을 실오리 같은 줄기 끝, 흰 茶褐色 털 속에 달고 있었다.

異敎의 풀

마르다 남은 잎새 끝이
빌붙고 살아라 한다.

그날 서릿발 내린 저주,
풀도 나지 말라 풀도
나지 말라 외쳤지만
억새풀 허옇게 뒤덮인다.

저기 흐르는 江물이듯,
긴 안목으로 내다보면
돼지에게 진주를 주는 것도
진정 뜻있는 일이겠다.

불볕 까진 異敎의 땅,
푸른 풀빛 다시금
우리네 벌판을 뭉갠대도
뜨거운 말은 빚 되어 남으리니

타들어가는 잎새가
목을 죄며 살아라 한다.

한 풀잎 위에

어디를 돌아보나
머리 푼 무성한 풀잎,
한 풀잎이 나부끼면
一千의 풀잎도 하나로 나부낀다.

눈 가는 곳 어디나
먹물 깔린 그늘 —
그 그늘 모조리 肉脫하여
白金 햇살에 허물어지고,
살아 있는 그림자 죽은
그림자도 하나같이 자취 없다.

목숨 떠나면
너나없는
한자락 기름 뻬재기,*
벌판에 벌판처럼
나 누운 소금 뻬재기.

어디를 돌아보나
풀잎 위로 스치는 바람,
천갈래 만갈래로 찢기어

무수한 풀잎 하나로 흐르고 있다.

* 걸레처럼 못쓰게 된 보자기의 사투리.

가슴

月梅의 무덤엔
함박꽃 흐드러지고,

春香이 무덤엔
가시덤불만 우거진다.

도굴로 일그러진
우람한 王들의 무덤,

詩는
우리네 詩는

마지막 구들장 하나
내려앉을 가슴도 없다.

邂逅

너는 늘 내게로 온다.

눈 트는 草原長堤,
자칫하면 못 봤을
한자락 흰 너울
꿈처럼 휘날리며 온다.

옷은 갈아입어도
바람난 수녀,
호각 불기 1초 전
갯내 나는 부두로 온다.

철부지 철부지
邪惡으로 손발 묶은
수도자는 누구냐?

—이렇게
너는 늘 내게로 온다.

깃을 떨어뜨린 새

새는 앉는 자리마다
깃을 떨어뜨린다.
나도 서울 와서
수없이 옮겨 앉고
또 수없이 짐을 꾸렸다.
산다는 일은 고작
짐이나 꾸리는 일,
그동안 넝마로 넘긴 짐이
자그마치 다섯 가마니
남은 짐도 결국은 넝마뿐이다.
이번에 옮겨갈 곳은
또 어느 길목, 어느 등성인가?
문득 머무는 한 생각 —
이윽고 더는 못 옮길
땅거미 깔린 이승의 끝,
내 이미 깃을 떨어뜨린 새
이 새는 스스로 짐 되어
마지막 짐짝 모양 실려가리니
그때는 돌아볼 이승도
다시 꾸릴 짐도 없을라.

너는 온다

지금도 너는 온다.

혼자 바라보는
덧유리 창살
진눈깨비로 오고,

얼음살 찢긴
白瓷 항아리
실금으로도 오고,

서리 친 파밭에
돋아난 팟종
파랗게 질려서 오고,

지금도 종종
그렇게
너는 오고 있다.

耳順의 봄

올봄은
耳順의 봄.

지난 날
지난 봄은

市井 잡배도,
산중 돌배꽃도,

제 얼굴 아니게
분칠했다.

올봄은
耳順의 봄.

더덕더덕 칠한 것
말짱 지우고,

몰라본 主人도
찾아뵈옵고,

피부색 그대로
별 발리 서리로다.

가을과 石手

울타리 밖에도 가을이다.

아무리 밀어내도
가을 밖으로야 못 밀어낸다.
너희들 축엔 못 끼어도
가을은 사방에서 감싸준다.

치렁대던 盛裝
걸레처럼 다 벗어던진
저 허허로운 벌판
서리 묻은 돌 하나 누워 있다.
버린 듯이 누워 있다.

쌓인 가랑잎
맨손으로 쓸어내고
차디찬 돌을 깔고 앉는다.
시려오는 살갗은
꼬집어 비틀어도 아리지 않아

살은 시리건만
눈은 도로 멀쩡해

막판에 가서는 돌을 쪼은다.

불꽃 튀던 돌이여!
불꽃 튀던 그 구절
차라리 이끼로 다시 덮어라.

귓전에 남은 소리

바람벽에 마른 시래기
바람 닿는 소리.

戶口調査 오는 날
짚단 부스럭거리는 소리.

껍질 까진 전깃줄
날짐승 지지는 소리.

털릴 것 한톨 없어도
밤손님 개 짖는 소리.

철 가고 다 쇠잔해진
귓전에 남은 소리.

어느 가을

언제나 이맘때면 담장에 수를 놓던 담쟁이넝쿨. 병든 잎새들 그 넝쿨에 매달린 채 대롱거린다.

街路의 으능나무들 헤프게 흩뿌리던 그 황금의 파편, 이 또한 옛날 얘기. 지금은 때묻은 남루조각으로 앙상한 가지마다 추레하게 걸렸다.

멸구에 찢긴 논두렁 허옇게 몸져 눕고, 사람 같은 사람은 벌레만도 못해 인젠 마음 놓고 한번 울어볼 수도 없다.

바람

가을이 억새풀을 흔들고
억새풀이 가을을 흔들고

지금 이 끝없는 벌판은
소슬한 품앗이로 설레는데,

쓸쓸한 속에 풍성하고
풍성하면서도 쓸쓸하고

헝클린 머리카락 빗어내려
가르마 가르는 바람이 있다.

가을 하늘

허드레 人生
도랑에 물 쏟듯
쏟아버리고,

담배 연기 너머로
티 한점 없는
짙푸른 갈 하늘,

한참 동안
모든 것 제쳐놓고
멍청히 섰노라면,

눈길도 살갗도
山도라지 꽃빛으로
물이 든다.

나무와 연

헐벗은 알몸,
나는 서리 묻은 하늘로
어깨도 빈손도 쳐들고 있다.
안으론 또 한겹
둥근 나이테를 껴입는다.

바람받이 치어든
나의 이 앙상한 죽지 끝
연이 하나 걸리어
살대만 남아서 체머릴 흔든다.

내뻗은 죽지 위
연은 날아와 걸렸지만,
이미 껴입은 나이테와
저리 체머리 흔드는
몸부림과는 무슨 상관인가?

아무래도 오늘 낼쯤
진눈깨비 함박눈 쏟아지겠다.

孤兒 말세리노*의 입김

길가 쓰레기 속에서 주워온 아이의 입김,
그날 없어진 빵과 해어진 담요 조각은
캄캄한 창고 하나를 빛으로 가득 채웠다.

어느 해 추운 겨울날의 貞洞 외진 뒷골목
이따금 헐벗은 나뭇가지들이 간들거렸다.
그 아이 밤새껏 와서 입김 녹여주고 갔던가.

금년도 벌써 저물어 冊은 불쏘시개나 할까,
쓸 때 못 쓰면 쇠붙이도 녹이 스는 법
살얼음 엉긴 가슴엔 입김이란 아예 닿지 않았다.

＊이딸리아 가톨릭 설화에 나오는 아이의 이름.

안개

아슴푸레 잊어버렸던 일, 되살리는 것 있다. 월사금 못 내고 벌 소제하던 일. 흑판에 백묵글씨 지우고, 지우개 털던 일. 지우개 털면 窓밖으로 보오얗게 백묵가루 날렸다. 오늘 이 窓밖에도 그때처럼 보오얗게 날리는 것 있다. 풋보리 피는 고향 산천, 아슴푸레 지우는 것 있다.

木枕

눈오는 벌판
내다놓은
顧母驛 근처.

外燈 부우연
삿갓 아래
엎드린 여인숙.

스텐 물대접
얼룩진 벽장 안
목침 하나.

딴은 하룻밤에
萬里城을
쌓고 갔다.

渴症

한사발 샘물을 길어온다. 잃어버린 기후를 되찾기엔 너무도 아쉬운 冷氣. 선후가 무너지는 우스개를 보았는가. 철모르는 鐘路의 화분을 보았는가.

더러는 가슴속에 대숲이 우거져도 幽玄한 바람은커녕, 기계로 옮겨온 달빛만 걸려 있다. 어찌할거나, 어찌할거나, 지금 당장 쏟아질 萬斛의 雨露가 있기로니 이 오랜 목마름을 내 어찌할거나.

고개를 돌리면 느닷없이 나타난 乳白을 보리라. 아직도 곱게 늙는 비결을 귀띔해준다. 節介보다 눈치가 윗자리에 앉는 판국. 요즘은 한사발 냉수마저 약으로 마신다.

손

엄청난 늦가을 햇살이다,
보기만을 위해 있지 않은 손.

첩첩 둘린 山中을
온통 불구덩에 몰아넣고,

서리 묻은 과일들
무게 위에 피멍으로 물들인다.

그러나 너희 손은
닿으면 구더기가 일고
불멸의 황금에도 곰이 핀다.

잠시 쥐었다 놔도
꽃다발은 쓰레기로 쌓인다.

두려움에 떨리는 손
숫돌에다 먹을 갈고 있는 손.

저 손은 누구의 손인가?
구색만을 위해 있지 않은 손.

아무리 가로막아도
드높이 축배를 들기 위해
마지막 그의 손은 남을 것이다.

龜甲

꽃밭에 잠들었던 거북이. 스스로는 볼 수 없는 칼금을 등에 업고, 겁먹은 눈으로 걸어나온다.

불에 달굴수록, 망치로 두드릴수록, 더욱 단단해지는 쇳덩이. 솥뚜껑 같은 이 쇳덩이는 不貞한 사타구닐 헤집고, 失語에 메인 목구멍을 뚫는다. 찐득이는 진액일랑 모조리 모조리 토하거라.

차라리 대낮도 무서운 나날. 이런 대낮에 난데없이 떠오른 둥근 달, 희부연 乳白! 이제 거북은 꽃밭을 빠져나가도 등에 진 칼금만은 부릴 데가 없다.

옹이 박힌 나무

죽지로 우는 나무가 있다. 옹이 박힌 자국마다 진물 같은 송진이
흐른다. 어쩌다 鶴은 찾아와도 외다리로 서서 똥만 찔끔 깔기고 간
다. 송진이 말라붙은 발가락엔 티눈 모양 돋아난 송이버섯 두엇.
뒤틀린 龍비늘은 이내를 감고, 죽지로 우는 나무가 있다.

더러는 마주친다

살아가노라면
더러는 마주친다.

세상에는
외나무다리도 많아,
아무리 피하려도
피할 수 없는—

이 다리 위에서 너는
뒤따라온 모리꾼으로 마주치고,
또 젊으나젊은 날
허리 꾸부린 內侍로도 마주친다.

이 다리 위에서 너는
한오리 미꾸라지로 마주치고,
이미 눈에 불을 끈
늙은 암여우로도 마주친다.

세상을 사노라면
외나무다리도 많아,
아무리 피하려도

피할 수 없는—

짐짓 꽁무니 감추어도
더러는 마주친다.

剪定

1

그늘에 가리운 가지들을
햇빛 닿는 가지들로,

잠시 지나가는 순간을
금싸라기 쏟아지는 영원으로,

잘라도 잘라도 돋아나는
끝내 잠재우지 못한 苦痛.

2

어쩌다 곯아떨어져도
새벽이면 다시 깨어나듯이

물이랑 너울대는 속
무수한 비늘들을 뿌려넣고,

어느날 눈부신 나무 아래
볼 붉은 結實이나 거둘거나.

살아서 보는 죽음
畫家 달리에게

언제나
장엄한 自惚은
죽음 앞에 있다.

이 낭떠러지
이 수면은
무서운 고요 ─
죽음만이 바라본다.

살아서 보는 죽음,
죽어서는 죽음도
볼 수가 없다.

이 낭떠러지
이 수면 위
한송이 水仙꽃
죽음처럼 피어 있다.

장엄한 고독은
─ 저렇듯
죽음과 짝지어 산다.

푸른 瞳孔

검은 드레스는
밋밋이 덮이어
흘러내리진 않는다.

목이 긴
白瓷의 술병처럼
어깨도 없는 여자.

놓쳤던 기억
차츰 되살리는가?
아니면 무얼 疑惑하는가?

목고개 한쪽으로
약간 기울어진 여자.

흰 창도 瞳子도
없는 두 속눈썹
파아란 물빛만 고여 있다.

水深도 모르게 빨려든
저 하늘색 물빛!

壁畵
어느날의 李仲燮

　새로 도배한 하얀 壁 앞에 앉아 있다. 끝난 세상을 내다보듯 하얀 이 壁 앞에 앉아, 그동안 얼마를 돌아다녔는지 헤아려본다. 절뚝거리고 온 그 발자국마다 차례로 눈이 내려 덮이고 있다. 아무런 흔적 없이 덮이고 있다.

　그런 것이다. 그런 걸 혼자 그렇다 생각하고 술을 따른다. 투명한 유리잔에 유리처럼 투명한 술이 넘친다. 한모금 술로 全身이 찌릿해온다. 눈시울을 스치는 가벼운 경련! 내 어찌 미칠 것가. 너희들의 理由로 내가 어찌 미칠 것가. 나는 오직 나로 하여 미칠 뿐이다.

　여전히 하얀 壁 앞에 앉아 있다. 유리잔 속에도 떨고 있는 하얀 壁. 깨물고 싶어, 지독한 潔白으로 깨물고 싶어, 입속에 잔을 넣고 짓씹는다. 혀를 찌른 유리 파편! 짐짓 뿜어내인 하얀 壁은 난데없는 꽃으로 만개한다. 새빨간 꽃잎, 눈 위에 얼룩진다.

紅梅

얼음 밑에
개울은 흘러도

남은 눈 위엔
또 눈이 내린다.

검은 쇠붙이
연지를 찍는데

길 떠난 풀꽃들
코끝도 안 보여

살을 찢는 선지
선연한 상처

내 영혼 스스로
입을 맞춘다.

부처님 乭伊가 막일꾼 次乭伊에게 1
어느날 경주 박물관에서

꽃방석 아니라
어떤 진구렁에라도
手印을 짓고
앉아 기다릴게.

목이 달아나고
몸마저 삭아내린대도
마음속 이 숨利
빛나고 있는 동안은.

지척에 두고 못 찾던
그날의 내 눈썹
오늘사 人夫 次乭伊가
들고 올 줄이야.

부처님 乭伊가 막일꾼 次乭伊에게 2

내 頭部가 나온 골짝은 덤풀 속의 南山 골짝. 내 가슴, 내 胴體가 나온 골짝은 이름도 모를 어느 외따른 山골짝.

나는 釋氏 出家世子 釋乭伊, 너는 慶州의 막일꾼 次乭伊. 한뜨락 같은 비바람을 함께 맞은 인연이 얼마나 至重턴가.

돌 속을 흐르던 나의 피, 돌 속에서 뛰던 나의 숨결. 妙하여라 次乭伊, 一字無識 次乭伊. 네가 짚어 알았어라.

三聯詩 二首

三四月

기다리다 기다리다
銀針에 찔리운 가슴,

사래 긴 누비질이
끝나는 이 해질 무렵

三四月 능구렁이 봄도
불기둥을 세운다.

자물쇠

열리지 마 열리지 마
七寶의 자물쇠야

겁먹고 오므린 꽃잎
어느 바람에 벙글까.

해으름 밀리는 발자국
별사태 헤치고 오라.

祭器

굽 높은
祭器.

神前에
제물을 받들어
올리는—

굽 높은
祭器.

詩도 받들면
문자에
매이지 않는다.

굽 높은
祭器!

438

가지 않는 時計

時計의 문자반 같은 어린 해바라기가 눈치코치 없이 웃고 있다.
어느 王朝의 가지 않는 시간을 가리키고 있다. 째깍째깍 가는 時計
들 다 병들었는데 가지 않는 時計 하나 병들지 않았다.

귀여운 債鬼

사슴이 蔘꽃을 먹고 똥을 눈다. 똥 속에 섞인 蔘씨가 뿌리를 내린다. 휘두른 귀얄 자국 위에 애기 손바닥 같은 蔘잎이 돋아난다. 이 귀여운 손바닥은 빚갚아라, 빚갚아라, 재촉을 한다. 몇 世紀를 두고도 갚지 못한 빚을 —어쨌든 빚갚아라, 빚갚아라, 재촉을 한다. 씨도 국물도 말라버렸는데 蔘꽃은 언제 피나? 아양떨듯 투정대듯 재촉을 한다.

꽃으로 그린 樂譜
畵題

幕이 오른다. 어디선지 게 한마리 기어나와 거품을 뿜는다. 게가 뿜은 거품은 공중에서 꽃이 된다. 꽃은 복숭아꽃, 두웅둥 풍선처럼 떠오른다.

꽃이 된 거품은 공중에서 樂譜를 그린다. 꽃잎 하나하나 높고 낮은 음계, 길고 짧은 가락으로 울려퍼진다. 소리의 彩色! 장면들이 옮겨가며 조명을 받는다.

이때다. 또 맞은편에선 수탉 한마리가 나타난다. 그는 냄새를 보고 빛깔을 듣는다. 꽃으로 울리는 꽃의 음악, 향기로 퍼붓는 향기의 演奏―

닭은 놀란 눈이다. 꼬리를 치켜세우고, 한쪽 발을 들어올린다. 발가락 관절이 오그라진다. 어찌된 영문이냐? 뜻밖에도 天桃복숭아 가지가 닭의 입에 물린다.

게는 연신 털난 가위발을 들고 기는 옆걸음질. 거품은 꽃이 되고, 꽃은 음악이 되고, 음악은 복숭아가 되고, 그 복숭아를 다시 닭이 받아 무는― 저 끝없는 여행! 서서히 서서히 幕이 내리다.

꽃 곁에 노는 아이들
畵題

잎새는 복숭아 잎새, 꽃은 하얀 겹모란, 겹모란 꽃술은 진달래 꽃술.

꽃둘레 사방에 햇빛 같은 아이들, 궁둥이를 깐 햇빛 같은 아이들. 그들은 벌써 알고 있다. 살보다 옷이 부끄러운 줄을. 무식보다 지식이 부끄러운 줄을.

이슬에 바람결에 꼬부랑 수염의 꼬부랑 나비, 꼬부랑 허리를 꼬부리며 꼬부랑 하늘로 날아오른다.

不老草

뿔도 푸르고, 점박이 무늬도 푸르고, 눈도 코도 다 푸른 사슴. 어쩌다 이 사슴은 仁寺洞에도 나타나고, 때로는 忠武路에도 나타났다. 어느날 나는 그 중에 한 놈을 데리고 집으로 왔다. 데려다 놓고 보니 이 놈은 그 입에 不老草 한 가지를 물고 있었다. 사슴은 이걸 내게 주려고 했지만, 나는 이 향기로운 풀을 받아들 손이 없다. 설령 받는다 해도 이내 시들거나 당장에 썩어버릴 것이다.

木雁

목에 감긴 목도리
原色의 고운 무지개,
어느 하늘 다리 놓고 찾아왔느냐.
짝 지어 짝을 지어
옷고름에 쌍가락 둥근 둘레
물빛에 속눈썹 함께 어린
추녀 끝 놋대야 놓이던 소리……
千萬里 서리 비껴
속모르게 짙푸른 그 길 위에
외마디로 꺾어져 울던 울음,
오늘은 귀한 손님 —
죽지 접고 예까지 찾아왔느냐.

구름 1

　버섯 같은 구름, 누에가 羽化를 기다리는 구름, 태아처럼 웅크리고 잠이 든 구름, 자개의 동굴 속에 몸을 사린 소라 같은 구름, 삼백년 古靑으로 물먹은 구름, 河回의 가면 모양 턱이 일그러진 구름. 세상에 없던 구름 다 모여들어, 죽이 끓나 밥이 끓나 보자고 한다.

구름 2

부채꼴로 생긴 구름, 꽃잎처럼 포개다가 꽃으로 둔갑하는 구름,
뒤통수에 제비초리를 내민 구름, 노루처럼 꼬리가 잘려나간 구름,
密陽 병신춤 名手 모양 엉덩이 혹 달린 구름 — 이렇게 생김새는
각각이지만 이들은 하나같이 그 발바닥에 흙을 묻힌 적 없다. 실은
묻히고 싶지 않아서가 아니라, 일찍 이들이 밟아야 할 흙이 없었기
때문.

귀한 羞恥

　이 빠진 할미가 雷文 목도리를 목에 감고 있다. 이 할미 젊은 날의 푸른 머리카락 같은, 그렇게 가늘디가는 풀잎으로 그의 쪼그러진 살갗을 가리고 있다. 부끄러움이 귀해진 세상에 이 할미 끝내 간직한 부끄러움은 더구나 더더구나 희한도 한지고!

복사꽃 삼백년

삼백년
묵은 古靑으로
번져나는 복사꽃.

죽지 하나는
밑으로 처지고,
하나는 옆으로
약간 기우뚱하다.

또 그 한 가지는
아차 한번 失手.
붓이 쬐끔 빗나가
반쯤 꺾이었다.

바깥은 立春
먼 해질 무렵,
이 年老한 봄을
지척에 두고

나는 어느새
수치스레 겉늙어

말이 아니다.

삼백년 묵은
古靑으로 번져난
저 복사꽃!

방관자의 노래

슬퍼라 가을이여! 서릿발에 서걱일 잎새는커녕, 진구렁 뿌리마저 썩더란 말가. 해마다 이맘때면 살을 긁던 그날의 그 갈대숲, 漢江엔 인제 등뼈 굽은 피라미만 꼬리치나니.

슬퍼라 가을이여! 차라리 갈대처럼 살갗이라도 긁히고지고. 피가 배이도록 自害라도 저지르고지고. 사위는 둘러봐야 막막한 無人之境. 쉬이 쉬이 손가락 입에 대고 하던 말 도로 멈출, 그런 눈짓이라도 만나고지고.

슬퍼라 가을이여! 이미 약물에 山川은 찌들었건만, 지금쯤 애가탈 錦繡로운 마무리. 그러나 이런 걸 바로 울릴 한가닥 心琴인들 없단 말이냐. 골수에 스민 방관자의 뉘우침은 곪아가나니.

아직도 이 과일은

힘이 온유하던 때는 향그러운 言論이 있었다. 東方朔의 복숭아 나무 三千年을 꽃피우고, 三千年을 열매 맺었나니 그날의 報道는 사실이었다.

녹녹히 사는 자는 一刻이 千秋. 피로 그린 꽃은 아직도 붕대 속에 숨기고 있다. 임자의 복숭아나무 三十年 雨露에도 기척 없더니 오늘은 보란 듯이 열매 맺는구나! 그러면 그렇지 아무리 햇빛이 아쉽다기로, 올 것은 반드시 오고야 마는 것을.

그러나 이 과일 뉘게게 주랴. 저 不淨탄 손끝엔 닿기만 해도 단박에 벌레가 칠 것이다. 차라리 꽃다이 잠든 넋을 달랠 때까지 차돌같이 땅을 파고 묻어야 할까부다.

綠陰

저 무서운 물포래를 보아.
갈수록 챙 넓은 물결
대낮을 온통 짓이기는 물결
보쌈 덮치듯 덤벼드는 물결
여기 한번 잠기면 아무도 헤어날 수 없다.
악머구리의 울음
天地가 떠내려가는 매미 울음
千도 萬도 아니
떼지어 울어쌓는 그 非命들의 울음
金도 白金도 녹여내는
왕수 같은 진액의 짓푸름을 보아,
저 한량없는 물포래를 보아.
네 아무리 項羽壯士라도
한번 잠기면 허물허물 뼈도 못 찾는다.
뼈는커녕, 혼백도 못 건지는 물귀신이 된다.
아무리 소리소리 외치지만
千이고 萬이고 모조리
인간들의 귀는 절벽이 되었는가?
저 죽음보다 무서운 물포래를 보아.

452

담뱃불 붙일 날

비에 젖은 돌은 더욱 차갑고녀. 기어올라도 기어올라도 까마득히 치솟는 石築, 예서 우러르면 九重의 구름 속은 어디쯤인가. 서로 붙잡고 더듬거리던 담쟁이넝쿨들 파르르 떨고 있다.

미쟁이 돌쟁이 갈아들어도 짓누르는 돌담은 한결 드높아라. 內部는 內部, 벌판은 벌판이다. 저 끝없는 荒凉 위에 젓을 담느니, 無明의 소금으로 젓을 담느니. 탈박이 아니래도 어이할 것인가. 거적때기 아니래도 어이할 것인가.

그러나 어디선가 가물거리며 오는 것 있다. 꼭대기에 팥알만큼 黃을 묻히고, 멀리서 쩔뚝대는 성냥개비 하나! 스치는 바람결에도 손을 오므리고, 담뱃불 붙일 날이나 기다릴거나.

合流

그동안 번지레한 것들
실어나르던 그 번지레한 속에
오늘은 숨죽인 江물 위
눈먼 물거품 하나 실려간다.

고속도로의 초여름
산뜻한 바람을 가른다.
진초록 一色으로 뭉개진 벼랑 끝
주황색 산나리꽃은 타고 있다.
점점이 타는 저 불티!

이윽고 번지레한 물체 속
한때 눈멀었던 물거품,
또 뭔가 환히 타는 것,
함께 겹쳐 덤으로 실려간다.

흔들리며 흔들리며
어디론지 흘러가고 있다.

들지 못하는 어깨

어디선지 날아온
철 잃은 고추잠자리

파르르 떠는 어깨 위에
멀리 서울을 누르는 北岳,
그의 벗겨진 이마가 얹혔다.

육십 환갑을 맞는
이 철부지 사나이의 어깨엔
정작 무엇이 얹혔는가?

눈길은 발등을 내리깔고,
꼽추처럼 들지 못하는 어깨.

털어야 먼지뿐,
노을 비낀 서녘 하늘로
귀 밑엔 서리만 흩날린다.

가을에 쥐구멍을

하늘이 드높아 햇빛은 부시지만, 못난 詩人은 쥐구멍을 찾는다. 꽁무니를 빼고 쥐구멍을 찾는다.

서리가 내리고 제철은 돌아와도, 詩라는 열매는 좀처럼 여물지 않는다. 제기랄 여물기는커녕, 쑤신 듯이 全身을 쑤신 듯이 벌레가 먹는다.

젊은 날 녹녹하고, 늙은 날에 치사했던 이름만의 詩人. 손을 털고 발을 씻고 쥐구멍을 찾는다. 識字란 이토록 때묻고 측은했단 말이냐?

얼굴에 매달린 단추 같은 耳目口鼻, 손발만은 그래도 주걱처럼 듬직하고나. 지지리 못나 자탄하는 似而非! 쥐구멍엔 밥주걱도 쓸모가 없다.

南冥 曺植先生頌

바위 그늘 가리워 구름 낀 볕뉘도 쐰 적이 없던 당신.

頭流山 물굽일 武陵이라 일렀지만, 뉘 있어 당신을 은둔이라 이르리. 손에 조인 고삐처럼 一生을 쥐고, 뼈를 깎아 마지않던 그날의 당신.

가느단 바람결에도 蕭蕭히 우닐었다. 그러나 힘 앞엔 도로 곧아, 꺾이지 않던 당신. 지난 王朝 五百年을 훑어내리어, 오직 한마디 크나큰 대쪽으로 살으신 당신!

네 목숨 네 것 아니다
東亞日報 五十年 돌잔치에 부쳐

1

새벽빛 첫날 밝힌 온누리 동녘 문턱
開闢, 그날에 벌써 하늘뜻 점지시고
뉘 먼저 世界의 아침, 예서 펴라 하였다.

2

끝없이 깔린 어둠, 먼지 쓸듯 쓸어내고
고울사 고운 아침 해돋이도 눈부시어
몸풀어 겪던 産苦로 半世紀를 맞는다.

3

태어난 봄날 기운 天地에 번졌건만
때아닌 무서리는 꽃도 잎도 다 떨더니,
품속에 감춘 그 씨알 다시 갈고 심더니.

4

제 젊음 마음 놓고 노래 한번 못한 이들

安重根, 尹奉吉, 허구한 殉教者들
먹 대신 피를 문질러 매운 뜻을 새겼다.

     5

封建의 억센 둑이 새 물결에 떠밀릴 때
安昌男, 엄복동이, 미쳐 울던 羅雲奎
눈 뜨는 민중의 英雄 그 이름도 떨쳤다.

     6

벽돌 치솟은 창살, 살점이 묻어나고
짐 꾸려 떠나는 行列, 山川을 덮었어도
칼처럼 날 세운 筆鋒 서슬 푸르던 나날들.

     7

북받쳐 도로 새기면 바로 엊그젯일,
孫基禎 가슴팍에 멍든 자국 지운 손길
그 일로 門은 닫아도 마음 닫지 못했다.

8

八·一五 八·一五라 그냥 외쳐 八·一五라
生金가루 마구 쏟아져 눈물어린 빗발 속
빠개진 석류알처럼 그 영롱하던 追憶들……

9

불리운 이름대로 살아야 할 '活字'들이여
毒 묻은 채찍 밑에 다시 곧던 絶叫들이여
지금은 노곤한 봄날, 春眠 이리 겨운가.

10

半百年 험난한 길, 외로 지킨 너의 節介
字字句句 적신 선지, 마를 날 없었느니
지나온 너의 발자취, 아쉽지도 않은가.

11

權力은 물에 거품, 歷史는 永遠한 것

東亞여, 東亞여, 민중의 숨통이던 너!
네 목숨 네 것 아니니 네 맘대로 못하리.

　　12

겨레의 成長 앞에 五十年은 하루아침
진정 목숨 있는 곳, 風雨 어찌 없다 하리
受難의 겨레와 함께 길이 榮光 누리거라.

향기 남은 가을

상서각 · 1989

백자

상머리
돋아온 달무리
시정은 까마아득하다.

어떤 기교
어떤 품위도
아예 가까이 오지 말라

저 적막
범할 수 없어
꽃도 차마 못 꽂는다.

편지

절뚝절뚝
얼마를 걸었는지
발바닥에 물집이 생기오.

하늘을
찌르던 둥구나무
새끼손가락만한데

저문 날
이 막막한 풀밭엔
베짱이 한마리 없다오.

雨後

빗물
고인 자리에
아침 솔빛이 잠긴다.

멀리서
종소리 울려와
그림자 위에 얹히고

지금은
돌도 구름도
서로 눈길을 맞춘다.

너만 혼자 어디로

겨울
호반에까지
내려온 상수리나무

옷 벗은
나무 그림자
물 위에 누워 있다.

여기는
다들 여전한데
너만 혼자 어디로?

그 門前

모처럼
지는 꽃 손에 받아
사방을 두루 둘러본다.

지척엔
아무리 봐도
놓아줄 손이 없어

그 문전
닿기도 전에
이 꽃잎 다 시들겠다.

싸리꽃

그 꽃은
작은 싸리꽃
아 산들한 가을이었다.

봄 여름
가리지 않고
언제나 가을이었다.

말라서
바스러져도
향기 남은 가을이었다.

因果

이제나마
허망한 욕심
다 버릴 수 있기에

어느날
절로 허물어진
돌담 모퉁이에서도

이 세상
슬프고 어여쁜 일
혼자서 누릴 수 있네.

하얀 꽃나무

이제 막
깨고 난 꿈이던가
아니 바로 생시던가

분명히
뜰에 한그루
구름 같은 하얀 꽃나무

지난 날
기억 속에서
빼쪼롬히 쪽문을 연다.

빈 궤짝

마루가
햇빛에 쪼여
찌익찍 소리를 낸다.

책상과 화병
그밖에 남은 세간들
다 숨을 쉬고

한쪽에
빈 궤짝처럼
主人만 따로 앉아 있다.

가을 그림자

암자는
비어 있는데
빈 것이 가득 찼다.

쇠북은
언제 울렸는지
솔보라 소리에 묻히고

나그네
그림자 하나
가을이 내려와 덮는다.

이 나무는

가슴에
생각을 묻으면
이 나무는 더불어 죽지를 편다.

이른 봄
초록으로 볼 부비다가
늦가을 까치밥도 남기지만

어느날
문득 눈 감으면
이 나무는 감쪽같이 사라진다.

저 꽃처럼

초여름 후미진 뜨락에 때아닌 눈이 왔다.

보는 이 없고 가꾸는 이 없어도, 또 오늘처럼 이렇게 바람 한점 없어도, 찔레꽃은 혼자서 피고 진다. 참으로 간결하고 조용하다.

사람도 그 은혜로운 목숨, 저 꽃처럼 누릴 수는 없을까.

早春

무거운
덧문을 열고
뜨락을 한참 내다본다.

이 아침
매연 속에
목련꽃 차츰 벙글어

사느라
때묻은 눈에도
봄은 이처럼 부신가!

아침 所見

제 무게
달지 못하는
푸른 산 푸른 이내

고요가
담장 안에
늪물처럼 고여서

이 아침
흰 달개비꽃
하늘 아래 저울 추.

還生

꽃그늘
섬돌 한쪽에
가지런히 신발을 벗고,

돌아본
해맑은 눈매
가지마다 망울지더니

오늘은
그 하얀 옷자락
꽃구름을 날리나보다.

꽃

어디서
들려왔던가
아득하고 은은한 울림

내 잠시
죽은듯 잠든 사이
꿈에도 나타나지 않고

뜻밖에
손 닿는 상머리
동굴이 하나 열려 있다.

모란 앞에서

뜨락에
흐드러지는 날
아무도 오지 않았다.

누가
풀무질을 하는가
자줏빛 치솟는 불길!

어쩌면
그것은 녹인 쇳물
또 무슨 얼굴을 하랴.

뒤안길

그 마음속
으늑한 곳에
가랑잎 지는 뒤안길 있다.

이런 때
네 마음속에도
인적없는 뒤안길 있다.

어쩌다
한번쯤 되돌아보는
아무도 모르는 그 뒤안길…….

近況

여윈 숲
마른 가지 끝에
죽지 접는 작은 새처럼,

물에 뜬
젖빛 구름
물살에 밀린 가랑잎처럼,

겨울 해
종종걸음도
창살에 지는 그림자처럼

햇빛

창을 열면
길난 마루에
햇빛 내려 눈부시다.

담장에도
나뭇잎에도
햇빛 내려 눈부시다.

먼 앞대
그의 잔주름에도
이런 햇빛 내리는가?

封書

잠 깨인
희부연 창살

전생을 교신하는 새벽입니다.

무심도
사무치는 진정

느릅나무 연초록 속잎입니다.

봉한 글
점자와 같아

마음으로 더듬어 읽습니다.

착한 魔法

뜨거운
불길 속에서도
함박눈 쓰고 나오더니

오늘은
이 손바닥 위에
소슬히 솟는 궁궐!

여지껏
광을 내던 金붙이
넝마처럼 뒹굴고 있다.

硯滴의 銘

비우면
가득 채우고
차면 절로 넘치는 연적

네모꼴
모서리마다
天 · 一 · 生 · 水 소탈한 글씨

하늘은
한방울 물도
목숨으로 나툰다 했네.

安否

어디서
그 나무는
어떻게 지내고 있노.

벌레 먹어
구멍이 뚫리고
죽지는 얼마나 찢겼노.

이 겨울
허리가 휘이도록
쌓인 눈을 또 어찌 견디노.

보얀 불빛

보오얗게
새어나온
저 불빛 정답고나.

창살에
어리는 실루엣
내 살아온 한 장면

어디나
좀 안기고 싶은
아 허전함도 복되다.

失明

물에 비친
꽃그림자
썩은 지푸라기였다.

뒤늦게
깨닫고 보니
날은 이미 저물어

그제사
잃어버린 눈을
더듬거리며 찾는다.

무엇으로 태어나리

흰 꽃잎
구름이 되고 싶어
구름처럼 사운거리고,

젖살 오른
둥근 항아리
달이 되어 놓인 방 안

내 정녕
무엇이었다가
또 무엇으로 태어나리.

흔적

그대와
앉았던 자리
나만 와서 앉아본다.

창밖에
저무는 山色
그때와 한빛인데

가슴에
고이는 옹달
나뭇잎 하나 떠 있다.

어느 골짜기

지금
어느 골짜기
가랑잎
쌓이겠지.

그대
가슴속에도
가랑잎
추적이겠지.

가을날
안개비 오는
이 삭막한
한때……

못물 1

네 앞에
못물이 있으면
내 앞에도
못물이 있어

굽어보면
네 모습 위에
내 眉間
함께 포개지고

끝없이
깊고 푸른 그리움
물무늬
켜켜이 갈앉는다.

못물 2

언제나
그리워하면
내 앞에
너는 못물로 고인다.

千年 뒤
萬里 밖에서도
눈부시게
푸른 못물로 고인다.

살과 뼈
다 녹아내려도
山과 구름
하냥 일렁이고 있다.

못물 3

그 어느
고즈넉한 곳에
넌 언제나
잔잔한 못물이었다.

거기
안개가 서리는가
내 눈앞
아직 아슴푸레하다.

지금쯤
물비늘 반짝이는가
내 눈빛
또 초롱해진다.

잎 지는 나무

추스려
울고 나면
맑게 갈앉은 갈 물

사는 일
성에 끼인 듯
시야조차 아늑한데

호젓이
잎 지는 나무
쓸쓸함도 아끼는가.

立春 가까운 날

立春
가까운 햇살
볼 부비는 시늉.

숲속에
바위 틈에
한창 자상스런 工事,

이런 날
生金 가루를
뿌리는 이 누구요?

無緣

뜨락에
梅花 등걸
팔꿈치 담장에 얹고

길 가던
行人들도
눈여겨보게 한다.

한솥에
살아온 너희는
언제 만나보겄노.

蘭 있는 房

蘭 있는
방에 들면
마음도 귀가 밝다.

얼마를
닦았기에
눈빛마저 심심할까

흰 장지
九萬里 바깥
손 내밀 듯 보인다.

不在

문빗장
걸려 있고
섬돌 위엔 신도 없다.

대낮은
아닌 밤중
이웃마저 不在하고,

초목만
짙고 푸르러
기척 하나 없는 날.

억새풀

奉恩寺
가는 길은
억새풀 바다였다.

멀리
해으름은
솔푸른 그늘에 젖고

억새풀
우짖는 소리
僧俗 따로 없었다.

물빛 속에

휘파람
저 휘파람
투명한 유리 조각

오늘도
그날 위에
네 눈짓 그 미소 위에

다가와
포개진 모양
물빛 속에 어리네.

凋落

불현듯
일어서도
어디고 갈 데 없다.

날도
가을도
다 저문 이 하늘에

잎잎이
그날의 몸짓
흩날리고 있었다.

銀杏잎

벌써
가을이 진다.
古宮은 가을이 진다.

노오란
소낙비로
으능잎 가을이 진다.

바람도
조각난 가을
蕭瑟한 가을이 진다.

어느날

구두를
새로 지어
딸에게 신겨주고

저만치
가는 양을
물끄러미 바라본다.

한 生涯
사무치던 일도
저리 쉽게 가것네.

師弟

내사
손 아파서
제자라 못하지만

그댄 깍듯이
날 스승이라 부르네.

마음이
이렇게 무거워도
짐 지는 일 미쁘고나.

꽃과 눈물

풀잎
뾰족 뾰족
수심스레 촉을 트고

子美는
이런 날을
어떻게 보냈던가

꽃 앞에
지우던 눈물
千古도 새롭고녀!

香囊

꽃은
그의 향낭을
대궁 속에
감추고 있고

노루는
제 사향을
배꼽에다
달고 다닌다.

풍상에
부대낀 이 허리춤
무엇을
달고 다닐까?

모란

뜰에
한송이만 피어도
너는 이미 꽃이 아니다.

갑자기
따귀를 맞은 듯
눈앞에 불길이 일어

그 무슨
말 못할 분노가
이렇게 치민단 말이냐?

傳說 1

카이젤
수염을 가진
어느 도둑놈 소굴

주름
번득이는
검은 바윌 등지고

꽃 같은
髑髏가 나와
샘을 긷고 있었다.

傳說 2

千年
반석 밑에
그날같이 고인 물빛

한방울
지는 소리
파뿌리 靑孀 과수

그 蛾眉
싱그러운 볼도
한 이불로 재운다.

孤兒 말세리노* 1

길가
쓰레기 속에서
주워온 가여운 아기

그날
없어진 빵과
해어진 담요 조각은

캄캄한
倉庫 하나를
빛으로 가득 채웠다.

* 가톨릭 설화에 나오는 아기의 이름.

孤兒 말세리노 2

어느 해
추운 겨울날
貞洞 외진 뒷골목

이따금
헐벗은 나뭇가지
간들거리고 있었다.

그 아기
간밤에 예 와서
입김 녹여주고 갔던가.

밤비 소리

늦가을
저 밤비 소리
오늘만 아니었다.

혼자
짐을 꾸려
먼 길 떠나던 날도

저녁상
물리다 말고
빗소리에 젖었다.

乙淑島

그날 울려오던
그 아우성
여기 있었고나.

그토록 못 견디던
그 몸부림
여기 있었고나.

차운 江
갈대를 차고
기러기떼 오른다.

강아지풀

이토록
척박한 땅에
강아지풀 나부끼네.

줄기는
이미 시들고
좁쌀보다 작은 씨알

목숨은
참 애처롭고녀
이 씨알 속에 잠자네.

꿈의 蓮못

1

물속에 잠긴 구름
千年도 덮어줄 너의 이불

네 혼자 귀밑머리 풀고
문풍지 우는 한밤중

어느 뉘 두레박이 퍼올리리오
저 짙푸른 꿈의 蓮못.

2

고와라 蓮꽃 수렁
깊숙이 깔린 자욱한 人煙

저 떼거지의 龍袍
王의 襤褸는 누가 벗기리

저어라 서둘러 노를 저어라
아아 끝없는 꿈의 蓮못.

늪가에 앉은 소년

생시엔 꿈도 깰 수 없어, 연방 내리쬐는 뙤약볕은 무섭도록 고요하다. 혼자 뒤처진 한 少年이 늪가에 앉아, 피라미새끼 노니는 것을 보고 있다.

그 白金빛 반짝이는 늪물 속엔 장대가 하나 꽂혀 있다. 장대의 그림자도 물에 꺾인 채 거꾸로 꽂혀 있다. 멀리서 터지는 砲소리, 이웃끼리 서로 殺傷하는 저 무서운 砲소리에, 놀란 어린 새가 앉을 데를 찾다가 장대 끝에 앉는다. 어린 새의 體重이 장대를 타고 흔들린다. 털끝만큼 흔들린 장대는 물 위에다 몇겹으로 작은 波紋을 그린다.

이 순간, 波紋에 놀란 피라미떼는 달아나고, 장대 끝에 앉은 어린 새 모양, 혼자 뒤처진 그 少年도 연방 물속으로 늪물 속으로 빨려들어갈 듯 앉아 있다.

안개

아슴푸레 잊어버렸던 일, 되살리는 것 있다.

月謝金 못 내고 벌掃除하던 일. 흑판에 白墨글씨 지우고, 지우개 털던 일. 지우개 털면 窓밖으로 보오얗게 白墨가루 날렸다. 오늘이 窓밖에도 그때처럼 보오얗게 날리는 것 있다.

풋보리 피던 고향 山川, 아슴푸레 지우는 것 있다.

돌

돌을 봅니다.
가만히 돌을 보면
돌은 어깨를 움직입니다.

이끼 속에서
주름진 옷자락,
돌은 무릎을 움직입니다.

바람에 연꽃이
나부끼듯
입 언저리 미소를 머금습니다.

돌을 봅니다.
이윽고 돌은
실눈을 내려감습니다.

어느새 여름이 가고
몇번이나
유서를 고쳐 쓰고
다시 서늘한 가을이 옵니다.

悲歌

아파트 꼭대기에도
자욱한 귀뚜라미 소리,
이미 잃어버린 밤을
올올이 자아올린다.

알것다 알것다
그만하면 알것다.

남루한 영혼들
짜고 매운 양념으로
푸성귀 다루듯
그 살갗 치대고 있다.

알것다 알것다
그만하면 알것다.

깎아지른 벼랑 밑
강물은 숨을 죽이고,
홑이불 같은 달빛
강물 위에 깔려 있다.

알겠다 알겠다
그만하면 알겠다.

가을 열쇠

열쇠는
어디나 있다
가지고도
가진 줄 모르는 열쇠

어질한
머릿속에도
저 깊숙한
가슴 밑바닥에도

그러나
차츰 녹슬어간다
그 묘한 열쇠는―.

*

눈앞에
가을은 물들고
긴긴 밤
풀벌레 울어쌓고

저 미물의
울음 속에는
정녕 뭐가 들었는가

내 아직
그 속을 열고
한번도
들어가질 못했다.

참파노의 노래

늙고 지친 참파노
인제는 曲藝에도 손을 씻고
철겨운 눈을 맞으며
종로의 人波 속을 누비고 간다.

길은 찾으면 있으련만
봄이 오는 머언 남쪽 바닷가
내 前生의 젤소미나
너는 이날 거기서 뭘 하느냐?

내 그만 돌아갈까
雨裝모양 걸쳤던 코오트
그 체크무늬에도 봄은 오는가.

쑥국이며 햇상추 쌈
울밑에 돋아난 향긋한 방풍나물
그런 조촐한 저녁床 앞에
너와 함께 그날처럼 앉고 싶구나.

"참파노오 참파노오
참파노가 왔어요!"

흐린 날 외론 갈매기
목이 갈리던 그 울부짖음
뒤끝이 떨리던 喇叭소리
지금도 쟁쟁 내 귓전에 울린다.

언제나 事務的인 이승에선
눈만 껌벅인 젤소미나
내 역시 골이 비었어도
아직 추스릴 눈물만은 간직했다.

귀여운 債鬼

陶畫 1

사슴이 蓼꽃을 먹고 덤불에 숨어 똥을 눈다.

똥 속에 섞인 蓼씨가 뿌리를 내린다. 휘두른 귀얄 자국 위에 애기 손바닥 같은 蓼잎이 돋아난다. 이 귀여운 손바닥은 빚 갚아라, 빚 갚아라, 재촉을 한다. 몇 世紀를 두고도 갚지 못할 빚을 —. 어쨌든 빚 갚아라, 빚 갚아라, 재촉을 한다.

인제는 씨도 뿌리도 다 말라버렸는데 그날의 蓼꽃은 언제 피나?

가지 않는 時計
陶畫 2

여기 시계의 文字반 같은 어린 해바라기가 웃고 있다.

어느 王朝의 가지 않는 시간을 가리키고 있다. 언제까지나 유치원 애기들의 놀이 시간이다. 째깍째깍 가는 시계들 다 병들었는데 가지 않는 시계 하나 병들지 않았다.

사람들 대대로 왔다가고 저 무심한 붓끝만 그대로 남아 있다.

느티나무의 말

상서각 · 1998

이승에서

때마침
눈 높이로 뜬
한떼의 고추잠자리.

그중에
맴돌던 놈은
연밥 위에 앉아 쉬고

못 가본
저승길보다
이승이 아득해온다.

周邊에서

그것은
한 가지 질문이었다,
— 두엄 곁에 핀 달개비꽃도.

그것은 또
애틋한 대답이었다,
— 풀잎을 기는 딱정벌레도.

참으로
뭉클한 슬픔이었다,
— 가까이 들리던 먼 귀울림!

對象

바람에
씨가 날려서
움막에도 꽃이 핀다.

햇빛은
눈이 부시고
사람은 간 곳이 없어

천지간
거미 한마리
허공에 그물을 친다.

느티나무의 말

바람 잔 푸른 이내 속을 느닷없이 나울치는 해일이라 불러다오.

저 멀리 뭉게구름 머흐는 날, 한자락 드높은 차일이라 불러다오.

천년도 한 눈 깜짝할 사이, 우람히 나부끼는 구레나룻이라 불러다오.

靜止

저만치
꽃이 피다가
그대로 정지하고 있다.

먼 하늘
구름이 흐르다가
그대로 정지하고 있다.

사람도
길을 찾다가
멍하니 정지하고 있다.

광채

비밀은
향기로울수록
사람을 아프게 한다.

비밀은
아름다울수록
사람을 슬프게 한다.

뜬 눈은
차라리 멀어라,
이 휘황한 광채 앞에 ─ .

구름

살풀이
슬픈 춤사위
구름처럼 나부꼈다.

덕수궁
하얀 모란꽃
구름처럼 나부꼈다.

내 넋도
너의 구름으로
꽃처럼 나부꼈으면—

촉촉한 눈길

어느
먼 창가에서
누가 손을 흔들기에

초여름
나무 잎새들
저렇게도 간들거리나

이런 때
촉촉한 눈길
내게 아직 남았던가.

親展

잠 깨인
희부연 창살
전생을 교신하는 새벽입니다.

무심도
사무치는 정성
느릅나무 연초록 속잎입니다.

봉한 글
점자와 같아
맘속으로 더듬어 읽었습니다.

흔적

저 덩굴
얼룩진 그늘
넌 거기서 무얼 생각느냐

바람에
살랑대는 잎새
머언 늪에 물무늬 일구고,

마침내
시나브로 지는 꽃
세상에 흔적 하나 지운다.

그 늙은 나무는

어디서
그 늙은 나무는
아직 바람을 막고 섰을까.

벌레 먹어
구멍이 뚫리고
죽지는 얼마나 찢기었을까.

이 겨울
허리가 휘도록
쌓인 눈은 또 어찌 견딜까.

空洞
어느 避暑철의 下午

하늘은
티없이 맑고
매미 소리 봇물이 터져

車도
人波도
모조리 쓸어낸 서울,

머잖아
어떤 조짐이
눈앞에 나타날 성싶다.

봄

동냥 온
낡은 쪽박 속에도
눈부신 햇살이 쏟아져요.

이런 날
수염 난 하느님도
저 달동네 개구쟁이처럼

찌 찌 찌
추녀 밑 제비새끼랑
해종일 재잘거리고 놀아요.

빈 궤짝

마루가 햇빛에 쪼여 찌익찍 소리를 낸다. 책상과 걸상과 화병, 그밖에 다른 세간들도 다 숨을 쉰다. 그리고 주인은 혼자 빈 궤짝 처럼 따로 떨어져 앉아 있다.

아침 素描

빗물
고인 자리에
아침 솔빛이 잠긴다.

멀리서
종소리 울려와
그림자 위에 얹히고,

이윽고
돌도 구름도
서로 눈길을 맞춘다.

꿈 같은 생시

어쩐지
꿈 같은 생시,
나도 있고 나비도 있네.

담장 밖
보랏빛 무우꽃에
꿈을 접던 노오란 날개,

어디로
훌쩍 날아가고
나만 외톨이로 남아 있네.

돌

이끼 속
주름진 옷자락
한쪽 어깨를 추스릅니다.

바람에
연꽃이 벙글듯
입 언저리 미소를 머금습니다.

이윽고
유서를 고쳐 쓰고
또 서늘한 가을이 옵니다.

돌

아무튼
의미는 성가시고
무의미는 더욱 부질없기로

엎드려
숨도 쉬지 않고
입을 봉한 지는 이미 옛날,

적막도
정녕 저러하다면
목숨들 한번쯤 누리고지고.

密使

　수염이 더부룩한 젊은 목수는 과수원의 울타리를 손보고 있었
다. 하늘에 맹세한 순결에도 몸이 무거운 사과나무! 그러나 아직
아무도 모른다. 지난 봄 잉잉잉 꿀벌들의 외마디 소리, 당신의 밀
사로서 다녀간 것을.

무늬

풀잎에
겨울비 젖듯
쓸쓸히 젖는 그림이 있다.

먼 남쪽
바닷바람에
뒤집힌 옷깃의 체크무늬,

그날은
시간 밖에 밀려도
마음에 젖는 무늬가 있다.

微物

오후의
정적이 깔린
이팝나무 짙은 그늘

바쁘게
짐을 나르고
집을 짓는 개미떼

가만히
내 등너메서도
늘 지켜보는 이 있다.

종적

언제나
꽃이름처럼
사운대는 가슴이 있어

아무리
재를 뿌려도
해맑은 눈길이 있어

그들은
지금 어딨는지
종적을 찾을 길 없네.

눈길 한번 닿으면

그 눈길
한번 닿으면
'薔薇'는 문드러지고

그 손길
한번 닿으면
'緋緞'은 남루가 되고

결국은
詩라고 써도
'蘭芝'에 파묻는 것을.

건너다 보면

집 없이
떠돌아다니다가
겨우 움막 한칸 마련했다.

창 열면
강물은 누워 흐르고
숲은 서서 조을고 있었다.

저쪽서
건너다보면
이 움막은 어떻게 비쳤을까?

돌담 모퉁이

갈수록
허망한 욕심
차츰 버릴 수도 있었네.

어느날
절로 허물어진
돌담 모퉁이를 돌다가

이 세상
슬프고 어여쁜 일
혼자 누릴 수도 있었네.

11월의 聯想

11월의
나뭇잎 두엇
아직 가지 끝에 달려 있다.

없어진
고물 자전거
철지난 광고만 펄럭인다.

잡아줄
손목 하나 없는데
누가 저들을 붙들고 있나?

日記抄

길에서
나를 보내고
그 뒷모습 지켜보다가

거실로
돌아왔더니
나는 이미 자리에 없어

지금쯤
어데 있을까
그 행색을 생각해본다.

돌

큰 슬픔 절로 곰삭아 고난 속에서도 한결 그윽한 너.

어쩌다 팔목을 잃고 그 오똑하던 콧날까지 망가져

풀섶에 마냥 뒹굴어도 어떤 형상보다 더욱 완벽한 너.

돌

숨쉬지 않는
잠이 있나요?
―바로 저런 겁니다.

잠자지 않는
꿈이 있나요?
―바로 저런 겁니다.

꿈꾸지 않는
넋이 있나요?
―바로 저런 겁니다.

胎

벽장 안
낡은 손가방
그 속엔 의례 칫솔과 타올.

구름은
하늘에 있고
물은 호롱병 속에 있고,

겨울 숲
땅거미 깔려도
다들 한 태 속의 고물거림······.

손바닥 위의 궁궐

뜨거운
불길 속에서도
함박눈 쓰고 나오더니

오늘은
이 손바닥 위에
드높이 솟는 소슬한 궁궐!

여지껏
광을 내던 순금도
넝마처럼 뒹구는 것을.

소망

가다가
늙은 杜甫처럼
꽃 위에 눈물도 뿌리고,

멋있는
젊음과 사귀다가
일부러 가는귀도 먹고,

떠날 땐
푸른 반딧불
먼 별처럼 사라졌으면—.

풀꽃과 나비

이름없는
어느 무덤 가에서
이름없는 풀꽃을 보고 있었다.

세상은
어디꺼정 이승이고
또 어디꺼정 저승이란 말인가?

투명한
유리창에 부딪쳐
나비 한마리 바닥에 떨어진다.

봄 素描

미나리
살얼음 속에
한쪽 발을 담그면

거멍쇠
굽은 뼈마디마다
점점이 연지를 찍고

죽음도
물리친 손길
예꺼정 나들이 왔네.

金을 티끌처럼

나무가
잎을 떨어뜨리듯
다들 뭔가 떨어뜨리고 간다.

조금씩
가벼워지면 질수록
달리 무게를 더하는 계절

수척한
뒤뜰 은행나무도
금을 티끌처럼 뿌리고 간다.

詩나 한편

그렇지
작년 이맘때다,
저 뒤란에 은행잎 지던 — .

올해도
작년처럼
은행잎 지고 있는가?

아 마침
살아들 있었고나!
시나 한편 써 보내란다.

풍경

오붓한
추억을 위해
너의 이름을 부르면,

때로는
이름에 묻어오는
늦가을 호젓한 풍경

흰 서리
귀밑을 덮고
뒤란에 가랑잎 지는 —.

寒蘭

날 세워
창살을 베는
서슬 푸른 넋이 있다.

한 목숨
지켜낼 일이
갈수록 막막하건만

향만은
맡길 데 없어
이 삼동을 떨고 있다.

가랑잎 위에

차갑고
축축한 가을비
어찌 가랑잎만 쌓이리요.

오늘은
이 가랑잎 위에
사무친 나날도 켜켜이 쌓여

게다가
짝 잃은 곤충마저
기인 더듬일 내리고 있소.

水沒

어디가
논밭이었고
또 어디쯤이 집터였던가?

장대도
닿지 않던 감나무
목덜미까지 물이 차올라,

두어 알
홍시를 달고
종일 뭐라 울부짖고 있었다.

동굴

그날은
어쩐 일인지
혼자 꽃 앞에 앉아 있었다.

꽃은
동굴이 되어
나를 단번에 삼켜버리더니

황홀해
눈이 멀다가
다시 깨어도 꽃 앞에 있었다.

짚단 부스럭거리는 소리

바람벽
마른 시래기
바람 닿는 소리.

戶口調査
오던 날
짚단 부스럭거리는 소리.

털릴 것
한톨 없어도
밤손님 개 짖는 소리.

풀잎

친구 心然에게

江바닥
천지 밖에 뻗쳐 있고
풀 한포기 나지 않았다.

어쩌다
길을 떠나면
돌아올 기약조차 없어,

어차피
사람의 목숨이란
풀잎에나 비길 것이던가.

억새풀 1

奉恩寺
가는 길은
억새풀 바다였다.

千이랑
万이랑
벌판을 덮던 물결

황량도
아름다울손,
그 가을 그 억새……

억새풀 2

멀리
해으름은
솔푸른 그늘에 젖고,

新刊
古書들
나란히 꽂힌 방 안

억새풀
우짖는 소리,
僧俗 따로 없었다.

미간행 유고

憂愁의 書 1

藏書처럼

빌려온 책들은 쉬 읽고 이미 도로 돌려보냈으나 오랜 동안 사서 꽂아두고 먼지가 쌓인 채 아직 한번도 뒤져보지 못한 나의 이 가난한 장서처럼 밤낮 내게는 가까이 두고도 차라리 남같이 무심히 지나온 서럽고도 소중한 人情들이 있었다.

그러나 정녕 이대로 가다간 누구의 손에 옮아 다시 어느 서가에나 꽂힐는지 모르는 이 몇권의 낡은 서적처럼 나와 그들과는 언제든 한번은 반드시 있어야 할 그 마지막 애끓는 訣別마저 내처 모르고 지나칠 것만 같다.

梟首

잎 떨린 北風받이 나뭇가지에 까치집 하나, 종일을 지켜보아도 드나는 기척 없다.

그러나 어찌 뜻하였으리 이 한갓 미물이 살다 버린 자취까지 오늘 저렇게 梟首하듯 달아두고 미리 다짐하여 저희에게 보이느니…….

밤비

또 하루의 辛酸을 한끼 저녁 밥상처럼 물리고 등불 돋구어 册이
나 읽고 앉았으면 갑자기 창밖에 내리는 뜻아닌 밤비 소리……이
소근대는 빗소리에 나는 마음에 일던 먼지를 재우고, 어쩌면 사람
이 못내 그리웠다는 古老의 무료를 제법 수염처럼 쓰다듬고 있다.

碑

오늘도 너희로 하여 이렇게 간을 저미도록 기막히는 史實을 다
시 한줄 가슴에 새겨둔다.
죽어도 차마 이 육신과 함께는 썩을 수 없는 그 기나긴 애증의 사
연을 지닌 그는 어느 보이지 않는 곳에 이미 매몰되었던 유적같이
우뚝 솟아나서 다시 세상의 덧없는 雨露에 젖고 섰을 碑碣이 된다.

궤짝처럼

종일 나는 혼자 집을 본다.
볕살이 마루에 따사로이 비친다. 마룻널이 볕살에 조여가다가
한번씩 찍찍 소리를 낸다. 지극히 고요한 시간이 蟋蟀이 소리를 하
고 지나간다.

방안엔 衣籠과 책장과 화병이 다 숨을 쉰다. 나도 혼자 궤짝처럼 한쪽에 가만히 쪼그리고 앉아 있자니까—.

—『문예』 1953년 신춘호(제4권 1호)

憂愁의 書 2

受難

저토록 도도히 패악하는 日月이기에 오직 심약한 너 — 어찌 이 암담한 그늘 아래 묻혀 살지 않으랴.

이렇게 묻혀 삶은 惡도 善도 아니언만 너의 胎中에서 묻어난 천성이란 아무래도 어질 수밖에 없는 것 —.

그러기에 너희들이 이러한 삭풍 같은 亂世에 시달리며 저 변방 孤壘에 걸린 마지막 旗폭처럼 너의 그 심성을 끝내 지키고 살기란 아아 차라리 죽음보다 어려운 受難!

마음의 旌門
세잔느에게

일찍이 당신은 名利란 夫君과 결별한 未亡人!

화창한 그 젊은 나날을 적막한 空房 — '아트리에' 속에 호올로 감금하고 오직 彩管을 들어 스스로 매질하여 늙어온 行狀을 이제사 아는 이는 저마다 그 마음에 다시 헐지 못할 旌門을 세우도다.

肅宗大王

나도 오늘사 民主의 나라 한 사람 주인으로 앉아, 오히려 三百年

전 君主의 나라 주인이신 당신이 어쩐지 소롯이 생각나옵니다.

당신의 宸襟은 그대로 율법! 國土와, 人命과, 길가에 피어난 한 포기 풀잎까지 그 條文 없는 법률 — 당신의 宸襟대로 다스리심에 막을 者 없던 아아 至尊의 王이시여!

당신은 또 무엇이 부족하여 밤마다 몰래 그 물샐 틈 없는 九重의 至密을 벗어나와, 가난한 백성들이 사릿잠이 든 그 움막 가로 황공한 말씀이나 어찌 도적처럼 밤이슬을 맞고 다녔사옵니까?

刺字

책임이 중한 너는 또한 죄상이 중한 服役囚와도 같도다.

그러나 모든 범죄는 형벌만 치르면 벗어나려니와 그 칼끝 같은 책임이란 그대로 네 이마에 흠을 내는 — 다시 지울 수 없는 푸른 刺字로다.

殺人囚
日帝下의 어느 未決檻에서

여기는 손바닥만한 둘레로 교교한 달빛이 스며드는 1호 監房!

웃음이 잦고 몸짓에 굴곡이 많은 姜은 사기 초범이요, 말이 적고 걸음걸이 묵직한 白은 강도 3범이요, 동작이 민첩하고 표정을 잘

580

도 짓는 崔哥놈은 제 말마따나 절도 5범 — .

  그리고 제 족속의 넋과 피를 팔지 못한 죄로 세번째 끌려온 鄭과, 또 저기 사람을 죽인, 세상에도 무서운 살인수 — 朴은 그 말씨, 그 걸음걸이, 그 마음씨! 더구나 지금 달빛이 옮겨 있는 그의 얼굴은 어디서나 만날 수 있는 누구와도 다름없는 한개 사람이었다.

老人

  여기는 고개가 험준한 愛憎의 산길! 막아선 숲속에 겹겹이 얽힌 苦難의 가시넝쿨! 헤치고 내다르기에 그만 어디나 눕고 싶은 — 이리도 못 견디게 피로한 날.
  차라리 철거운 입성처럼 그 짐스러운 인간의 수고를 벗어버리고, 이제 세상을 그냥 남의 일같이 돌아보시는 당신! 그 서리 같은 鬢毛를 흩날리며 이미 堂에 올라 마련된 자리에 좌정하신 — 노인이여! 외려 내 오늘 사무치게 당신이 부럽소.

遺書
第二章

  아직 남은 몇몇 원수에게 이내 매만지기만 하던, 그 다른 칼집에

서 이미 녹슬었을 悔悟나마 한번 빼어들고 선뜻 대들지 못한 서러
움이 오직 생각사록 기막히는 울음의 채수름 같아 좀처럼 그쳐지
지 않은 채 마지막 숨 거두어지는 임종의 새벽이 다가오라!

— 『문예』 1953년 초하호(제4권 2호)

憂愁의 書 3

치자꽃

불이 닳아오듯, 아무도 찾지 않는 여름날 오후—가만히 어깨를 늘어뜨리고 치자꽃 앞에 마주 앉으면 오히려 대낮도 어스름 달밤 같아 울 너머 저 요란한 人馬 소리도 아득하여 나는 나를 낯선 듯 돌아보아 그새 서럽고도 으늑한 너의 가슴 같은—정녕 그런 설화 속의 한 주인이 된다.

파초

파초잎은 어느 零落한 옛 선비의 찢어진 道袍의 소맷자락. 이렇게 소나기 쏟아지고 바람이 우짖는 날은 더욱 酒興이 도도하여 우쭐거리며 그칠 줄 모르는 춤을 춘다.

귀〔耳〕

귀여! 너는 소리를 들이는 작은 동굴! 다시 머언 思惟로 트이는 길.

그러기에 내 너에게 이르노니 저 宇宙라는 크나큰 거문고의 울려오는 무궁한 가락에 맞추어 항시 내 영혼을 춤추게 하라.

그리고 세상의 백화난만한 그 온갖 눈부신 유혹에는 차라리 메아리도 없는 不毛의 절벽이 되라!

눈〔目〕

눈─너는 언제나 마음을 여닫는 창.

저 걷혀가는 어둠은 지난 밤 깨지 못한 나의 우매는, 또한 지금 동터오는 첫새벽 밝은 빛은 나의 이미 잠자던 총명!

드디어 너 변두리에 다시 나타날 그 번거롭기 白晝 같은 총명은 차츰 현란한 놀처럼 갈앉는 마음의 황혼을 불러오리니, 나는 돌연히 기도하는 자세를 지어 너를 다시 아름답고 고요한 명상의 밀실로 인도하리라.

그러면 여지껏 肉眼의 시야에만 갇혀 있던 나의 어린 思念은 병아리가 알을 깨뜨리듯 아아 혼돈한 어둠을 개척하고, 새로운 미지의 광명으로 놓여날 수 있으리…….

입〔口〕

너는 이미 인간만이 소유한 말이란 보배를 간직하는 붉은 산호합! 또한 外人과 더불어 음모하고, 父祖를 殺逆하던 그 헛바닥을 감춘 흉기의 피묻은 칼집!

그러나 한번 붙으면 다시 꺼질 줄 모르는 불을 토하여 저 삼대같이 성한 不義를 무찌르고 모든 이간을 휩쓸어 한 덩어리로 녹여내던 아아 萬度 高熱의 용광로!

코〔鼻〕

코여! 너는 사람의 생명을 부는 풀무—이 목숨 다할 때까지 一瞬도 쉴 수 없는 풀무!

너 그러기에 진실로 옳고 바르고 빛나는 삶으로만 한묶음 柴木처럼 이 육신의 고혈을 태우느니. 그 柴木마저 타고 잦아지거든 다시 저 영원한 생명—내 넋에 댕겨 불붙게 하라.

그리고 또 보라! 저 사람의 저자—거기 날로 높아가는 정신의 악취를 깎아 불멸하는 영혼의 그윽한 香煙을 피워올려라.

—『문예』 1953년 9월호(제4권 3호)

모란

어디서, 질탕한 최후의 연회는 벌어지는구나!
너무나 진한 향기라 잃어버린 후각……
나비떼, 나비떼는 저희끼리만 어우러져 노니는가?

어여쁜 죄여! 참으로, 어여쁜 죄여!
오롯한 寶榻 아래, 우러러 善을 뵈입는 자리기에

그건 바람일 게다. 아무것도 아닌 바람일 게다.
나풀거리며 겉치레하는 것들 아예 가까이 오질 마라.
컬컬컬 불이 붙는, 이 입을 벌린 불가마 앞에는 ─
우리가 사는 가냘픈 이 골짝에도
저 노아의 핏줄은 상기 細流를 갈라, 滾滾히 스며 흐른다.

그 속으로 속으로 피비린 水脈을 타고서
나는, 지금 여기 뜨락에 앉아
또한 황홀하기 난데없는 머언 해일 소리를 듣고 있다.

이제 나는 무엇을 붙들어 타고
이웃이사 채 돌아볼 새 없이
어찌 한겹 누더기를 걸치고, 이 우람한 너울 속을 헤쳐 나오려
노?

아아 艶麗한 탄식은 가라앉고
단내나는 입김, 무수한 유리알을 닦아내어
이제야 저것들이 완연하게 꽃으로 보이는구나!

—『현대문학』1957년 8월호

孝不孝橋*

봄이 천번도 더 오고가며
닦아놓은 이 산천!

이끼 푸른 돌덩이가 닳아 없어지고,
거기 새긴 말씀이 沒字 되었대도 차라리 그것은 아무 상관없다.
그보다 더한, 金石보다 더한, 한덩이 우리의 마음은 그냥 있지
않은가.
그리고 그 둘레엔 무엇인가 봄풀같이 푸른 것이 돋아나지 않
는가.

달이 만번도 더 지고새며
비춰놓은 이 언덕!

오늘 우리집 이웃에는
더러 젊은 片母를 모시고, 잠이 든 아들은 없는가?
지금은 새벽인지, 그믐밤인지
우리까지도, 발을 빼지 않고 건너라고 이 다리는 놓인 것이다.

또 비는 몇몇번을 개고 오며
씻어놓은 개울인가!

누구나 물이 붇은 시냇가에 서거든
추운 겨울의 그 어슴푸른 새벽녘을 생각하고,
버선을 빼고, 오금에 닿는 찬물에 몇번이나 어깨를 오싹이며 소
름치던
그 홀어머니의 심정을 생각하고,

누가 두고두고 뭐라든 말든
우리는 그런 심정을 말없이 건네주는 다리를 놓자.

* 신라의 민간 설화에 의하면 한 과부 어머니가 있어, 밤마다 시내 건너 정든
  홀아비를 찾아갔다. 이것을 몰래 알아차린 아들은 어머니의 그 안타까운
  연애를 돕고자 돌다리를 하나 놓아드렸다. 後人이 이것을 일러 제목에 오
  른 대로 '孝不孝橋'라 하였다.

—『현대문학』 1957년 8월호

어느 초여름 저녁에사

크나큰, 농익은 과일이 꼭지 지듯
정작 황혼이 떨어지고, 薄暮는
깃을 벌려 겹겹으로 어둠을 품고 있는 속에

산이고 들이고
모두가 꼼짝않고 —
그 피부의 색깔마저 생김새마저 모조리 뭉개지는데
나는 뜻밖에도 잊었던 우리집 담모롱이 짬에서
그 짙어온 어둠을 도려내고 있는,
스스로 發現하는 한포기 하얀 작약꽃을 보았다.

꽃은 이미 온갖 周邊을 절단하고
오직, 살이 으스러지는 그 외로운 숨결만 함초롬히 젖고 있었다.

모든 것이 浮潛하는 무수한 밤과 낮.
지나간 비바람의 그런 苦行에도, 한톨 꽃씨는 제 존재를 믿었던
가?
　—사람이여!
차라리 눈물을 조려 기름을 내는 意識이여!

짐짓 세놓는 집을 얻어오듯

우리의 목숨도 비록 육체란 생김새를 빌려왔지만
이 사느란 초여름 저녁에사
꽃은, 저 푸른 별빛 아래
분명히 하나의 목숨이지 形象이 아님을 알게 한다.

—『현대문학』 1957년 8월호

童子와 花瓶

물같이 맑은,
고요 속에
살며시 그 고요를 밀어내고
언제 이리 들앉아 있었나.
누구의 교섭으로 —

항시 네 곁에
숨결보다 투명한 童子가 나와
그 볼록한 입으로
비눗물을 올려서
영롱한 五色 말씀
방울방울 불어 내미는,

네 속에 그런 조화
숨겨둔 둘레여!
발끝을 딛고 오는
섬섬한 눈매가
몇번이나 넘어다 보았나.
볼수록 깊어지는
불가사의한 내용이여!

고요는, 너의
둘레로 形象하고
잴 수 없는 깊이 속에
언제 너는
없는 듯이 들앉아 있었나,
그 무슨 방법으로 ─

─『현대문학』 1957년 8월호

山
詩「無等을 보며」에 和함

아마 이 소슬한 바람은 그의 죽지에서 스며나올 게다……
추녀에 囍字簾을 걸거나, 사립 밖에서
문설주를 기대고 서는 일이 하루에도 몇차례나
朝夕을 치르고, 겨우 하염없는 생각으로 눈을 주고 있으면
저기 수려한 아미를 그린 보랏빛!

생긴대로 등허리를 드러낸
연보라와 갈매 보라……
그 추스른 사이로 으늑한 골이 트인다. 골에는 ─
푸른 혼령들이 목숨되어 살고 있고,
아니 그 목숨이 무슨 액체가 되어 괴는 것이다.

보라와 푸른 액체의 목숨을, 노상
두레박질할 수 있는 자리에 우리는 姿態를 마주 놓는다.
좀해서 흔들리지 않을, 그러나
끝내는 한번 흔들리울 마음과 마음들을 가라앉히고 ─.

결국 으스대던 젊음도 그 젊음도 그랬지만
할멈 옆에 노인은 말이 없다.
이 두 개의 어깨 너머로 우중충한 낡은 벽면이 보인다.
역시 벽은 어느새 푸른 자락을 드리워, 무슨 액체처럼

꼬부라진 그들 어깨 위로 그 많은 亭亭한 어깨 위로
고운 봄비 오듯 흥건히 마구 젖어내리는 것이다.

— 시시로 감도는 실안개가 꼬리를 물고 엉긴다.

山울림……山울림……
(서로 불러 소리없이 목메이는 山이여! 혼령이여!)

—『현대문학』1957년 8월호

落葉

갈매빛 엷어지고
붉은 골은 가직하다.

무수한 가랑잎이
내 안에 지는 소리……

누구라 이것을 긁어
불을 질러주려노?

—『경남시단』(해동문화사 1958)

꽃 지는 날에

1

발목을 적실 만큼
넘치는 슬픔인가

바람 잔 아침에도
표표히 날리어라

그늘이 짙던 자리를
하얗게 덮는다.

2

사릿 든 잠결이라
그리운 기척 있어

귀담아 기울이면
창살을 스치는 소리

향기만 스며들어오고
뵐 길 없는 자취여.

— 『신조문학』 통권 2호(1958년 9월)

불

난만하게 흐드러진 테두리 속에
저 요요하게 아름다운 혀를 보아라.

짓이겨 물들던 숱한 꽃잎 위로
뒹굴며 密着한 가슴과 가슴
눈감고, 문지르던 그 입술 아닌가.

호흡, 호흡,
노을진 바다처럼 흐느끼는 울음소리……

아니, 거기선 신풀이 굿을 한다.
너울져 덩실거리는 춤!
두 손에 彩扇을 들고 한바탕 추는 춤이다.

저기 또 몰려오는 젊음이 있어
九月도 지난,
만물상 골짜기 회오리바람,
산메아리 진동하는 만세소리 아닌가.

혼백들아 혼백들아
지붕에도 거리에도 광장에서도

서로 불러 일깨우는 復活祭 아침.

정말 어딘가?
지금은 들어갈래야 어림도 없는 무서운 房안,
아니, 문득 내닫던 막다른 길목.

아하 눈부시게 아름다운 장미밭 속에
휘어잡아 찢기운 옷자락을 보아라.

—『현대문학』1960년 1월호

早春
聖少年 말세리노

노란 머리 푸른 눈, 말세리노여!
네가 간밤에 예까지 와서 볼 부비고 갔고나.

질펀히 어둠은 깔리어
새벽 별빛을 누비고, 주름져 날아오던
둔탁한 먼 종소리만을
더불어 한겨울 겪어온 미루나무에
오늘 고운 움이 또 새로이 터오르는구나.

아침을 洒掃한 이 早春의 길은
묵주를 들고 돌아가던 기인 회랑,
드높은 古宮의 담장을 끼고
저만치 한쌍의 의초로운 젊음들이 거니는 것을……
오래 기리어온 버릇으로
검은 가운을 입은 늙수그레한 神父
그의 놀란 눈을 하고, 나는 넘어다본다.
석고로 빚은 손이 내려와서
네 등과 머리를 다시 어루만지는 종요로운 순간을—
지금 이 貞洞 골목의 물오른 나뭇가지는
네 간밤 기도하던 입김으로 아직도 간들거리는구나.

—『현대문학』 1960년 5월호

現身

房마다 적적하여 잊어버린 너의 음성!
와자한 행길에서도 모습되어 나타난다.
鍾路로 明洞 乙支路로 헤갈대는 날일수록……

한자리 내처 앉아 생각는 듯 조으는 듯
억겁도 一瞬으로 佛像처럼 있어 봤으면
돌조각 무릎을 덮던 그 이름없는 石手처럼.

—『현대문학』1964년 3월호

무슨 목청으로

어느 오후, 엘리어트여
그날 당신은 그 추스르는 슬픔을
시원스런 목청으로 노래했어라
비걱거리는 의자에 비스듬히 기댄 채 —

하지만 우린 아직
무더운 긴긴 여름, 바늘방석에 앉아
살점이 묻어나는 아픔을 견디노라
두 눈엔 이미 눈물마저 마른 지 오래여라.

보드라운 깃털 밑 예리한 발톱
시궁창에 거래되는 자유며 정의며 또 사랑
오 지겹고도 기인 여름밤
뒤척이는 악몽 속을 지새이는가.

겹겹 쌓인 불안을 쓰다듬기에
명상의 그늘 아래 의자를 놓은 이여
한모금 물도 없이, 불볕을 이고
우린 지금 무슨 목청으로 노래할 것인가.

오 진정 무슨 목청으로 노래할 것인가.

— 『현대문학』 1965년 8월호

舞姫

물속을 돌아드는 나선형 돌 층계로
발끝 발끝 위에 분수들이 솟아올라
어느새 차양을 들인 집이 한채 서 있네.

빗장은 걸렸어도 문은 절로 열리어
방마다 내가 있다. 턱을 고인 거울 속
내려도 쌓이지 않는 눈사태를 휘감고 ─ .

── 『현대문학』 1968년 2월호

어떤 寫實

볼록한 乳白 속에 애기들이 숨어 있다.
서로 시새우며 또 마주 희롱하며
어느날 비눗물을 찍어, 불던 일을 되새기며 —

初旬 개인 하늘빛 창살에 깔리는 아침
젊은 안주인이 달리아를 꽂아놓고
옷자락 옮겨가는 소리를 귀담아들 듣고 있다.

다시 조용해진다, 얼마나 심심했을까
제여곰 꽃대를 입에 물고 불어본다.
탐지고 예쁜 꽃들이 비눗방울 모양 부푼다.

— 『현대문학』 1970년 7월호

축원문

1

여기는 히말라야 지붕이 아니언만
찌는 삼복에도 녹지 않는 눈!

탁발하던 중은 어디 갔는가
짚고 온 막대기만 눈 속에 꽂혀 있다.

어느새 막대기는 뿌리를 내리고
그 옆구리엔 몇떨기 꽃도 피우나니.

2

누가 감히 엄두나 내었을까
아홉 하늘 묻어오는 兜率의 비.

잿더미 빚더미는 내려앉고
보살의 가슴마다 달려 있는 노리개.

지금은 병마개도 눈이 부시나니
부디 녹슬기 전에 마음 돌려지이다.

—『현대문학』1975년 7월호

다섯 개의 항아리

목말라 목말라 받아마신
진하고 착한 아편은
그 중독도 물밀듯이 향기롭다.

하나는 가슴을 풀어내놓고
상스럽지 않을 만큼 부끄럽다.
대추씨만큼 부끄럽다.

하나는 한쪽 볼기를 까고
남루한 예절마저 벗어놓고
고개 숙여 능청스레 앉아 있다.

하나는 나비 수염 눈썹이다가
젖꼭지를 물었던 모란꽃이다가
문득 구름이 되고 싶다.

하나는 녹슨 쇠둥지
알을 까고 나오는 새가 되다가
그 녹아내린 어깨 너머
산을 뿌리 뽑아 짐지고 온다.

하나는 마지막 하나는
어느 어슴푸른 달밤
그 달무리 싸늘한 비수를 밟고
은빛 박쥐떼로 춤추며 온다.

모두가 모두 물찬 알몸이다.
시큼하고 참한 아편은
그 중독도 눈부시게 싱그럽다.

— 『뿌리깊은 나무』 1976년 7월호

겨울을 사는 나무

뼈대만 세워놓고 너는 지금 어디 있느냐
더듬은 자리끼로 타는 목을 축이다가
그날의 서투른 눈짓 가슴에 와닿는다.

수척한 그림자는 빙판 위에 뉘었지만
아직 죽은 시늉 인제 더는 못하겠네
예비한 너의 양지쪽 살 가리고 설란다.

—『충무문학』 제2집(1982년 12월)

普信閣 종소리 새로 듣다
光復 40돌에

수도 서울에도 한복판 종로 네거리,
휘황한 단청으로 죽지 펼친 드높은 鐘閣
삼태극 둘린 무늬를 꽃구름이 감싼다.

봄 여름 가을 겨울 오백년을 하루같이
저녁에 人定 치고, 새벽에 罷漏 쳐서
사대문 여닫던 그날, 장안은 한집이었네.

얼마나 기다렸나 빛부신 그날의 기약,
광복 四十年에 아직도 못 가는 산하
잘려진 고향 산천에 네 소리는 가거라.

한마음 용광로에 쇳물로 녹아내려
장할사 크고 둥근 둘레로 태어나서
天地에 너의 울음은 새론 뜻을 알린다.

말이야 光復이지 가슴마다 맺힌 한을
고향은 잘렸어도 종소리는 못 자른다.
꽃구름 장엄한 여운, 天池 못에 닿거라.

새나라 나이 또한 壯年을 맞는 이날,

메아리 서른세번, 꼬리에 꼬리 물고
무궁한 겨레의 영광 너로 하여 깨우리.

— 1985년 발표 지면 미상

式典

밀려오는 너울처럼
모란은 온통 흐드러졌다.

지금 바람은 자고
사방을 둘러봐도
사람이란 그림자도 없다.

그런데
누군가 꽃잎을 떼어내고 있다.
이미 祝祭는 끝났는지
저렇게 장식들을 떼어내고 있다.

숨을 죽이고 가까이 가면
이제는 나비를 부르거나
더는 눈길을 보내지 않아도 된다.

정녕 마지막
거룩한 式典을 위하여
은밀한 계획이 진행되고 있다.

다시 밀려올 너울처럼

때가 되면
모란은 더욱 흐드러질까?

— 『현대문학』 1987년 9월호

선인장

끝없는
모래 언덕이었다,
너의 가시에 살갖 찢기던.

오늘은
종로의 꽃집이었다,
너의 가시에 눈을 찔리는.

때로는
충격도 아름답고녀,
상처난 자리를 돌아보면.

— 『현대문학』 1995년 3월호

變質
어느 칼럼니스트에게

먹으로
박아 쓴 글씨
밤사이 선지피 되고

핏자국
스민 자리엔
血竹이 돋아났다는데

맹물로
적힌 역사가
잉크로 변질하다니!

—『현대문학』 1995년 3월호

손

아깝고 애틋한 꽃잎
진창에도 발등에도 마구 흩뿌리던 손.
그 꽃잎 진 자리
애기 젖꼭지 같은 작은 씨방을 매달던 그 손.

한밤에 칼을 갈던 손.
숫돌물 왠지 먼저 붉어지고,
한자루 무심 황모필에
먹 대신 선지피 흠뻑 적시던 망명 지사의 손.

눈곱 낀 더벅머리
청자에 운학을 상감하던 우직한 그 손.
그 생김새 옴두꺼비,
1,300도 불길 속에서 유백색 얼음을 찾아내던 손.

동굴 깊은 밑바닥
천상의 소리로 울려주던,
흑인 가수 마리아 앤더슨의 손.
열 손가락 깍지 낀 그 크고 거무튀튀한 손.

허공 드높이, 호올로

무섭도록 절규하던 권진규의 손.
오늘 이 인사동 화랑
신들린 듯 한마리 나비로 날아가는 어느 시인의 손.

꿈꾸다 깨어났는가?
싱싱한 풋과일 젖살 오르고,
아아 녹음방초 승화시
바야흐로 천지엔 신록이 너울쳐 눈부시고녀!

—『예향』 1995년 7월호

난초여!

난초여
너는 화분에서도 피고
하얀 화선지 위에서도 사운댄다.

어느 땐
모래에 뿌리를 박고
또 어느 땐 허공에다* 들어내놓기도 —.

난초여
곧고 개결한 풀이여
난 네 앞에서 입이 좀 삐뚜름해진다.

* 화가 정소남(鄭少南)은 "일제의 발굽 아래 짓밟힌 우리 국토엔 난초의 뿌
  리도 묻을 수 없다"고 말했다.

—『맥』중창(重創) 제1호(1995년 12월)

斷章

비밀은
깨끗할수록,
― 그렇지만.

비밀은
아름다울수록,
― 그렇지만.

아름다움이
사람을
초라하게 한다.

깨끗함이
사람을
비참하게 한다.

―『맥』중창(重創) 제1호(1995년 12월)

十年後
이름도 못 가진 아가의 영혼 앞에

아가야
너는 나서 겨우 일주일,
너의 숨짐을 이 할애빈 지켜보았다.

이름도
못 가진 꿈겨운 얼굴,
네 긴 속눈썹은 이미 잠들어 있었다.

꽃속에
백랍 같은 작은 손발,
아아 그 슬픔 십년 뒤에사 흐느낀다.

— 『맥』 중창(重創) 제1호(1995년 12월)

親展
点下형의 쌍가락지

살 닿아
닳고 닳아도
끝간데없이 둥근 光彩,

은밀히
그 광채 절반을
나에게 건네준 사람,

절반은
半이 아니라
그 全部임을 깨닫지만.

　　　　　　　　　　　　　　　　—『맥』 중창(重創) 제1호(1995년 12월)

어느 눈오는 날의 이야기

펄펄펄
눈발이 마름모꼴로
까마득한 神話를 가위질한다.

이미 식어
싸늘한 잿더미 속에
어쩌면 남아 있을 작은 불씨 하나,

방금 막
닫힌 古典의 문틈으로
올훼의 옷자락 꼬리처럼 물린다.

— 『맥』 중창(重創) 제1호(1995년 12월)

蜚語
—卍海 禪師 영전에

으스대는
몰골을 못 봐
尋牛莊은 돌아앉고,

짓눌려
견딘 半世紀
北岳을 막아섰건만,

저 몰골
헐리울 날을
그 뉘가 아쉬워하노.

— 『맥』 중창(重創) 제1호(1995년 12월)

풀잎 하나

삭풍 속
넝마가 다된 현수막
고자질도 미덕이 되는 세상,

아무리
세상을 뒤집어봐야
아닌 건 아니고, 긴 것은 긴 것.

눈 녹은
저쪽 응달에도
풀잎 하나 파릇이 촉을 튼다.

—『맥』 중창(重創) 제1호(1995년 12월)

구름도 한모금 물도

이른 봄
벽장 안에서
해질녘 겨울 숲까지

손차양
이마에 대고
돌아보면 아득한 노정

구름도
한모금 물도
살붙이 아닌 것 없네.

— 『맥』 중창(重創) 제1호(1995년 12월)

新綠

다들 서둘고 있다,
어디론가 떠나고 있다.

물 올라
뜰에 넘치는
저 싱그러운 연초록.

한눈 팔다보면
아뿔싸, 어느새
어디론가 달아나고 있다.

저 연초록
더는 말고
종지로 한 종지만 떠서
내 눈밑 주름살
촉촉이 씻어주고 싶다.

생시에 보던 것
문득 꿈속에 나타나듯,

내 길 떠나

저승에 가면
저승에서도
저 싱그러움 나타날까.

비록 그곳이
지옥 연옥일지라도
내 다시 한평생
조용히 몸붙이고 살 수 있을까.

물기 도는
촉촉한 이런 눈빛으로 ― .

― 『맥』 중창(重創) 제1호(1995년 12월)

꽃장수 아주머니

　광주리에 꽃을 이고, 꽃 사이소! 꽃 사이소! 저 먼 남쪽 바닷가 사투리로 꽃을 파는 아주머니가 있습니다. 이른 아침 골목을 누비며 꽃 사이소! 꽃 사이소! 외칩니다. 아주머닌 밑천이 모자라 꽃가게도 못 내고, 그날그날 꽃시장에서 꽃을 받아다가 팝니다. 꽃을 팔아서 쌍둥이 어린 딸의 학비도 대고, 연탄도 사고, 봉지 쌀도 삽니다. 꽃장수 아주머니는 맘씨가 좋아, 꽃을 덤으로 주기도 합니다. 그러나 요 며칠째 꽃 사이소! 꽃 사이소! 소리가 들리지 않습니다. 혹시 몸살을 앓아 누웠을까? 아니 어쩌면 다른 데로 이사를 갔을까? 오늘 아침에도 꼭 이맘때면 들리던 그 꽃 사이소! 꽃 사이소! 소리는 들리지 않습니다. 그렇지만 지금도 귀울림처럼 꽃 사이소! 꽃 사이소! 소리는 먼 메아리로 들려올 듯합니다.

— 『맥』 중창(重創) 제2호(1996년 7월)

푸른 초여름

세상엔 말도 노래도 다 사라진다.
네가 옹알이를 시작하면—

물에 뜬 수련, 수련 속의 이슬도 구른다.
꿈꾸듯 네 긴 속눈썹 깜박이면—

강보에 싸인 채 요람이 흔들린다.
짬짬짬 네 작은 손등의 푸른 초여름—

—『시안』 1998년 가을호

꽃내음 쑥내음

未堂 徐廷柱

어찌 알았을까.
바람에 묻은 꽃내음* 어찌 알았을까.
더구나 어제 오늘도 아닌
몇해 전의 그 연꽃내음 어찌 알았을까.

어찌 살았을까.
뜸 뜨던 그 쑥내음**
그 매운 마늘내음 어찌 견디고 살았을까.
더구나 어제 오늘도 아닌
5,000년 전 쑥내음 마늘내음, 어찌 견디고 살았을까.

참으로
귀신이 곡할 일이다.
귀신이 곡하고도 남을 일이다.

* 미당의 시 「연꽃 만나고 가는 바람」에서.
** 미당의 서재 이름 '蓬蒜山房'에서.

— 『현대시학』 1999년 1월호

손님과 超人
李陸史

물기 듣는 청포도
하얀 손수건

앞가슴 囚人번호
2백 6십 4

기다리던 손님은
누구십니까

말 안장 드높이
눈 오는 벌판

달려오실 超人은
누구십니까

—『현대시학』 1999년 1월호

빈 집

자식들은
따로 나가 살고
늙은 아내는 외출하고

종일
혼자 빈 집에서
담요 한장 두르고 앉았으니

80년
긴긴 세월이
누가 본들 개의할 것 없네.

— 『중앙일보』 1999년 2월 10일자

李方子

볼모로 가신 이를
볼모 되어 받들다가

그대 묻힌 나라
나도 묻힐 나라이기에

五百年 슬픈 노을이
낙선재에 걸렸네.

—『현대시조』 1999년 여름호

卜惠淑

징 치자 막이 올라
그 이름 卜惠淑을

어디가 무대이며
누가 또한 배우인가

분 발라 남의 얼굴로
몇몇 삶을 살드뇨.

— 『현대시조』 1999년 여름호

비오는 高速道路

계절 중에
가을처럼 가는 것이
못내 아쉬운 계절은 없다.

고속도로변
지천으로 핀 코스모스는
빗속에서도
잘 가라 잘 가라
일제히 손을 흔든다.

숯불같이 타는
사르비아꽃
비에 젖어도 젖어도
더욱 새빨갛게 타고 있다.

그러나 이 꽃도
때가 되면 곧 사윌 것이다.

—『한국일보』 발표 연도 미상

拱珠島*

오른손
왼손을 포갠 채
구슬로 팔짱낀 그대

반쯤
몸을 잠그고
반쯤 물위에 떠 있는

하늘이
따로 없기에
미리내를 자맥질한다.

* 나의 고향 통영은 무인도, 유인도 할 것 없이 헤아릴 수 없는 많은 섬들이
  호수 같은 바다 위에 떠 있다. 그 중에 제일 작은 섬, 이 공주도는 구슬로 팔
  짱끼고 있다는 섬이다.

— 발표 연도 · 지면 미상

4월이 오면

두류산 골짜기 고로쇠나무
그 달짝지근한 수액이 수물거린다, 4월이 오면
외딴 산동네 산수유나무도
꾀꼬리빛 노오란 꽃구름으로 번진다, 4월이 오면

북적대는 새벽 남대문시장
밑바닥 유행도, 죄 없는 바람기도 팔려나간다, 4월이 오면
'서울의 달' 병든 춤선생의
그 인간적인 약점도 눈감아주고 싶다, 4월이 오면

청바지 대학생풍의 젊은 여자
다방에서 담배를 꼬나물어도 흉될 것 하나 없다, 4월이 오면
그러나
수유리에는 아직도 인적이 끊기었는가?
그때 그 4월인데도, 4월인데도.

—발표 연도·지면 미상

고고하고 정결한 정신의 지향

이 숭 원

1. 이미지의 선명성과 정신의 정결성

60년 넘는 시작 기간 동안 김상옥 시인이 펼쳐낸 작품세계의 핵심을 한마디로 잘라 말하면, 정신적 정결성의 추구라고 할 수 있다. 이것은 첫 시조집인 『초적(草笛)』(1947)에서부터 노년의 시집인 『느티나무의 말』(1998)에 이르기까지 일관되게 유지되어온 그의 시정신의 결정이다. 첫 시조집 『초적』에는 그 정신의 원형에 해당하는 작품들이 담겨 있다. 그 작품들은 역사적 유물을 소재로 하여 사물의 외형과 그 안에 담긴 정신세계를 전통적인 시조의 율격으로 펼쳐냈다.

천년 전 고려의 봄 하늘과 청자를 매만지던 손길이 청자의 모습 안에 그대로 남아 있다고 노래한 「청자부」라든가, "불 속에 구워 내도 얼음같이 하얀 살결 / 티 하나 내려와도 그대로 흠이 지다"고 고고한 결벽의 세계를 노래한 「백자부」, 신라 시대의 피리가 신라

의 소리를 머금은 채 외롭게 자신의 자리를 지킬지언정 뜻을 달리
하지 않을 것이라는 지조의 정신을 표현한 「옥저」, 석굴암의 관음
상과 불상을 통해 일제의 강점 상황에 처한 겨레에게 무언가 비밀
스러운 뜻이 계시될 수 있음을 암시한 「십일면관음」과 「대불(大
佛)」 등이 그러한 작품들이다. 이 작품들은 역사적 유물을 서정화
한 시편이 흔히 내보였던 소박한 회고 취향에서 벗어나 시인이 추
구하는 정신의 지향을 뚜렷이 드러냈다.

이와 아울러 이 시조집이 보여주는 중요한 특징은 선명한 이미
지를 통하여 시조의 미학적 차원을 한 단계 높였다는 점이다. 이것
은 일상어를 통하여 생활세계의 서정을 보여준 이병기(李秉岐)의
시조나 능란한 언어구사로 개인서정의 다채로운 화폭을 펼쳐낸
이은상(李殷相)의 시조와는 또다른 경지에 속하는 일이다. 이 시기
김상옥 시조의 미학적 원숙성을 가장 잘 보여주는 작품은 『문장』
추천작인 「봉선화」다.

비오자 장독간에 봉선화 반만 벌어
해마다 피는 꽃을 나만 두고 볼 것인가
세세한 사연을 적어 누님께로 보내자.

누님이 편지 보면 하마 울까 웃으실까
눈앞에 삼삼이는 고향집을 그리시고
손톱에 꽃물 들이던 그날 생각하시리.

양지에 마주 앉아 실로 찬찬 매어주던
햐얀 손 가락 가락이 연붉은 그 손톱을

지금은 꿈속에 본 듯 힘줄만이 서누나

—「봉선화」 전문

누님과의 애틋한 추억을 소재로 한 이 시조는 "하얀 손 가락 가락이 연붉은 그 손톱"으로 표상되는 과거의 추억과 누님이 시집간 후 혼자 남아 "꿈속에 본 듯 힘줄만이 서누나"라는 현재의 그리움이 시각적으로 선명한 대조를 이루고 있다. 이것은 순수의 세계와 훼손된 세계와의 차이를 시각 이미지로 재현한 것이다.

"비오자 장독간에 봉선화 반만 벌어"라는 첫 행은 추억과 그리움의 상황을 이끌기 위한 도입부의 시각적 정경으로 매우 짙은 정감을 불러일으킨다. '반만'이라는 시어의 채택은 이제 막 봉선화가 피기 시작하는 상황임을 알려주고 누님에 대한 추억도 이제 그 서막이 열리는 것임을 암시함으로써 정서의 고양에 중요한 역할을 한다. 둘째 수 첫 행에 쓰인 '하마'라는 방언 역시 그 구어적 속성에 의해 이 시조의 화자가 소년이라는 점을 환기하면서 누님과 소년 사이에 오가는 때묻지 않은 친연성을 부각시킨다. 셋째 수 첫 행 "양지에 마주 앉아 실로 찬찬 매어주던"에 제시된 상황은 자상하면서도 단아한 누님의 태도와 거기 손을 맡긴 소년의 천진한 모습을 시각적으로 환기한다. 이것은 소년의 마음에 자리잡은 그리움이 뿌리 깊어서 쉽게 지워지지 않을 것이라는 점도 알려준다. 이처럼 이 시조는 시각적 영상을 효율적으로 구사함으로써 정상에 오른 현대시조 미학의 경지를 보여주고 있다.

그런가 하면 「누님의 죽음」은 시집간 누님이 아이들을 안고 숨을 거두는 비극적 정황을 영상화하여 처절한 비감의 표현에 성공하였고, 「회의(懷疑)」 같은 작품은 특이하게도 자학적인 잔인한 이미지를 통해 시인의 내면에 심독한 면모가 있음을 드러내면서 다음 시편에 이어질 정신의 가열성을 암시하고 있다. 「노방(路傍)」은 사춘기 시절에 겪음직한 수줍은 연모를 절제있게 표현하여 「회의」와 대비적인 특징을 보여주었다. 이처럼 이 시조집은 김상옥 문학 정신의 원형적 양상을 다채롭게 펼쳐내고 있으며 이것을 통해 우리는 그의 문학적 원숙성이 이 시기에 충분히 발현되고 있음을 알아차리게 된다.

2. 양식의 실험과 의지의 시

자유시 형식의 시를 담은 『고원(故園)의 곡(曲)』(1949)과 『이단(異端)의 시(詩)』(1949)는 그의 또다른 단면을 보여준다. 『고원의 곡』에는 동요에 해당하는 작품이 많이 수록되어 동시집 『석류꽃』(1952)의 전사적(前史的)인 면모를 보여준다. 또 한편으로는 시조와는 아주 다른 장형의 서술적 시편이 많이 담겨 있다. 그 중 「원정(園丁)의 노래」는 정원을 가꾸는 원정(정원사)의 헌신적 충실성을 표현한 것인데, 타고르(R. Tagore) 시의 영향을 받았음을 짐작하게 한다.

『이단의 시』에는 관념적 한자어를 많이 사용하여 불의에 대한 분노를 드러낸다든가, 시간을 초월한 강인한 의지의 자세를 표현한다든가, 양심을 지켜 불의에 대해 준열한 심판을 내릴 것을 다짐하는 강렬한 어법의 작품들이 수록되어 있다. 이 작품들은 그 어법이나 주제 설정에서 같은 통영 출신의 시인인 유치환(柳致環)의 영향을 많이 받았음을 짐작케 한다. 「해바라기」 같은 작품은 유치환의 영향을 단적으로 드러낸다. 그는 이 당시 관념적 한자어를 통해서 정신의 정결성을 추구하면서 시에서 어떤 사상성을 구축하려는 시도를 한 것 같다. 시집의 맨 끝에 수록된 「슬픈 대사」는 극시 형식에 의한 실험을 시도하였는데, 기아·사기·음욕·원망 등의 관념을 의인화한 극적 구성을 통해 사상적 탐색을 도형화하는 면모를 보였다.

이 두 편의 시집에 일관되게 흐르는 공통점은 역시 정신의 정결성을 추구하는 시인의 의지다. 그 의지가 때로는 분노로, 때로는 탄식으로, 어떤 경우는 저주로 터져나오는데, 다음의 작품은 묘하게도 측간(변소)을 소재로 하여 인간의 죄업에 대한 분노와 단죄의 삼엄함을 표현하고 있어 음미할 만하다.

> 이미 먹은 것은 흉측한 악취와 함께
> 이렇게도 수월히 쏟아버릴 수 있건만
> 눈에 헛것이 뵈는 주린 창자를 채우기에
> 또한 염치없이 떨리는 헐벗은 종아리를 두르기에
> 나날이 저질러 지은 이 끝없는 罪苦로
> 저 크나큰 어두움에 짙어오는
> 무한한 밤을 휘두르는 한점 반딧불처럼
> 아직 내 염통에 한조각 남은 양심의 섬광에
> 때로 秋霜같이 준열한 심받을 받는 이 업보는
> 오오 분뇨처럼 어드메 터뜨릴 곳이 없도다.
>
> ─「측」(『이단의 시』) 부분

시인은, 의리를 버리고 거짓을 꾸미는 사람들, "식욕(食慾)의 주구(走狗)"가 되어 추하게 아부를 일삼는 무리들의 죄업이 모두 준열한 심판을 받아 측간에 분뇨로 떨어지듯 그렇게 배설돼버리기를 원한다. 그러나 현실은 그렇게 움직여지지 않는다. 불의와 허위가 판을 치고 정의와 진실은 현실의 술수 속에 오히려 기피의 대상이 된다. 그렇기 때문에 시인은 그 업고를 어디 터뜨려버릴 곳이 없다고 개탄한다. 그가 이렇게 단호한 목소리를 낼 수 있는 것은 그가 '한조각 양심의 섬광'을 견지하고 있기 때문이다. 이처럼 결곡한 강개지사(慷慨之士)의 육성을 그는 일관되게 유지하고 있다.

3. 회한의 서정과 존재론적 성찰

6·25가 지난 후 나온 두 권의 시집, 『의상(衣裳)』(1953)과 『목석(木石)의 노래』(1956)는 앞 단계의 시들이 보여준 청마류의 강인한 의지 표명이 상당 부분 정리되면서 관념어를 통한 사상성의 구축이 형이상학적 존재 탐구의 자세로 전환되는 또 한차례의 갱신을 이룬다. 『의상』은 관념적 의지 표명 자리에 오히려 그리움과 회한의 심정이 놓여서 서정시의 원형적 모습을 보여준다. "아아 서럽지도 않은 너의 생각 — 다시는 지워지지 않을 고운 무늬를 짜라"로 대표되는 「무제(無題)」라든가, "아아 너의 가슴속에 다시 넘어지지 않을 하나의 그 不動한 자세가 되고 싶다"로 요약되는 「비(碑) 2」의 세계가 그것이다.

『목석의 노래』에는 분명 서구적·현대적 감각으로 존재의 문제를 다루는 진일보한 경지가 펼쳐진다. 이것을 보면 전통시가의 연장인 시조의 서정미학에서 출발한 김상옥의 시적 지향이 새로운 양식 실험과 관념의 탐색을 거쳐 형이상학적 존재 탐구로 이어지는 것을 확인하게 된다. 이처럼 다양한 모색의 과정을 보여주었다는 것만으로도 한국현대시사에서 그의 문학적 위상은 매우 높은 자리에 놓일 만하다. 다음의 시는 좌석을 매개로 하여 자신의 존재론적 위상이 어디에 놓이는가를 명상한 작품이다.

　　여기 잠시 피로를 풀고 앉아 과거에 또 내가 앉았던 그 하고 많은 나의 좌석들을 다시 생각한다.

　　찌익찍 소리나는 낡은 의자 엷고 때묻은 방석 古宮의 이끼 낀 石階 비에 젖은 바위 길섶에 깔린 호젓한 풀밭들— 이렇게 앞에도 뒤에도 또 옆에도 마구 뻗쳐진 저 無邊의 散在!

　　이들은 이미 나의 불멸하는 영혼의 密室— 그 회랑의 보이지 않는 支柱를 지금 말없이 받고 있을 것이다.

　　그러나 이제는 다시 돌아갈 수 없는 나의 황량한 秋草 속에 놓여 있을 礎石들! 아아 그 무순한 초석들……

　　　　　　　　　　　　　　　　　　　　　　—「좌석」 전문

　　"무변(無邊)의 산재(散在)"라는 시어는 김상옥이 탐색한 인간 존재의 위상이 어떠한 의미를 지니는가를 잘 알려주고 있다. 사람들은 살아가면서 많은 자리에 앉게 된다. 그것이 사회나 직장에서 요구한 공식적인 좌석일 수도 있고 가정이나 일상사에서 잠깐 잠깐 앉게 되는 개인적인 자리일 수도 있다. 오늘 하루만 해도 나는 연구실의 의자, 식당의 의자, 정원의 벤치, 컴퓨터실의 걸상 등 많은 자리에 앉았다. 퇴근 후에는 승용차 시트에서부터 거실 소파에 이르기까지 또 여러 자리에 엉덩이를 붙였다. 그야말로 내가 앉은 자리는 '무변의 산재'를 보이는 것이다.

이 각각의 자리들은 사소한 것 같지만 그 나름의 의미를 충분히 가지고 있으며 내 존재의 일부를 각기 껴안고 있다. 그러니까 그것은 "불멸하는 영혼의 산실(産室)"이기도 하다. 끝없이 흩어져 있는 존재의 파편들을 모으면 그것은 내 영혼을 구성하는 개별적 요소가 될 것이다. 나라는 존재는 그렇게 운동하는 실존의 연속성 속에 놓여 있다. 그런데 그 '무변의 산재'는 또 역사적 성격도 지닌다. 과거로부터 나는 많은 좌석을 거쳐왔으며 앞으로도 여러 자리를 밟아갈 것이다. 앞으로 앉을 자리는 내가 미리 볼 수 없지만 내가 앉았던 자리들은 각기 조금씩 내 영혼의 밀실을 떠받치고 있다. 시간의 흐름에 따라 과거의 나의 자리는 '황량한 추초(秋草) 속에 놓인 초석(礎石)'처럼 여기저기 흩어진 양상을 보인다. 그 중에는 내가 앉지 말았어야 할 자리도 있고 나에게 아픔을 준 자리도 있다. 그러나 과거의 그 자리로 되돌아갈 수는 없다. 시간은 언제나 앞을 향해 달리며 과거로의 소급은 있을 수 없다. 다만 추억만이 남을 따름이며 추억의 환각만이 남을 따름이리라. 그 추억의 환각에는 내 존재의 파편이 모두 담겨 있다. 이처럼 이 시집에 담긴 존재 탐구의 시편은 특이한 독창적 면모와 인간 실존의 보편적 차원을 함께 내장하고 있다.

4. 정밀한 형식미의 창조

김상옥은 50년대까지의 자유시 형식 탐구와 주제 탐구를 거쳐 그의 출발점인 시조의 세계로 귀환한다. 시조를 조선조 문화유산의 답습품이 아니라 현대에도 살아 숨쉬는 한편의 시로 재창조한다는 의미에서 그는 시조라는 말을 버리고 '삼행시'라는 용어를 택하였다. 이 말은 한국인의 정서적 형질에 부합하는 3행의 형식욕구를 충족하면서 현대의 시로 당당히 모습을 드러낸다는 의미를 내포하고 있다. 그 노력의 결산이 『삼행시육십오편』(1973)으로 집결되었다. 『문장』지에 「봉선화」로 등단한 지 34년 만의 일이며 첫 시조집 『초적』을 낸 지 26년 만의 일이다. 이 시집에는 평시조 삼장의 율격을 이어받은 작품이 있고 사설시조를 변용한 작품도 있다. 사설시조도 형식적으로 삼분하여 1행과 3행은 짧고 2행은 긴 3행시로 본 것이다. 그러나 심미적 영상이 주축이 되어 정밀한 형식미를 창조하는 것이 3행시의 본령이라고 할 때 사설시조 형식의 재창조는 3행시 형식이라고 보기에도 무리가 있고 시의 압축성이나 긴장감을 조성하는 데에도 거리가 있다. 결국 3행시의 본령은 평시조 율격의 바탕 위에서 형식미를 창조한 작품들로 규정된다. 언어의 긴장과 심미적 영상과 정밀한 형식미의 조화는 역시 평시조 율격의 계승에서 성공적으로 이루어진다.

남은 심지 끝에 마지막 타는 기름
어드메 네 눈시울, 이슬을 거둬가는 찰나!
오동지 雪寒을 헤집고 죽순으로 돋거라.

　　　　　　　　　　　　　　　　　—「겨울 이적(異蹟)」 전문

죽순은 보통 4월 이후에 돋아나는데, 경우에 따라서는 겨울에 눈속에 묻혀 있던 땅속 줄기에서 죽순이 돋아나기도 한다. 눈 덮인 겨울에 대나무로 성장할 죽순이 돋아난다는 것은 분명 경이로운 일일 터인데, 시인은 이것과 생의 이적을 연관지어 위의 시를 쓴 것이다. 첫행에 나오는 "남은 심지 끝에 마지막 타는 기름"은 죽순과 같은 새로운 생명의 창조가 아니라 꺼져가는 생명의 마지막 안간힘을 나타낸다. 어쩌면 남은 심지 끝에 마지막 타는 기름처럼 생의 막바지에 이르러 간신히 호흡을 이어가는 한 사람의 모습을 비유한 것일지도 모른다. 마지막 불꽃을 피우듯 생명을 지속하는 그 사람의 눈시울에 고통을 감내해온 눈물 기운이 사라지는 그 순간 시인은 그 사람을 위하여 겨울의 이적을 바라는 간절한 염원을 담아둔다. 마지막 타는 기름이 매서운 설한을 헤집고 돋아나는 죽순으로 승화되기를 염원하는 것이다. 이렇게 되면 생의 종말이 다시 생의 출발이 되는 기적이 실현된다.

김상옥은 시조의 3행 형식이 지닌 압축과 절제의 미덕을 충분히 살려 꺼져가는 한 생명에 대해 이적의 실현을 염원하는 작품을 창조하였다. 대상을 분명히 제시하지 않고 '남은 심지의 기름'과 '이슬'과 '설한 속의 죽순' 등의 이미지를 통해 우회적으로 표현함으로써 상상적 연상의 폭을 넓히고 시조 특유의 정밀한 형식미를 창조하는 데 성공하였다. 첨예한 감각과 고전적 기품이 결합된 시조 서정미학의 정점을 보여준 것이다. 그뿐 아니라 "오동지 설한(雪寒)을 헤집고 죽순으로 돋거라"라는 구절은 추위에 굴하지 않는 정신의 기개를 암시한다는 점에서 정결한 정신의 추구라는 첫 출발점의 주제의식을 그대로 껴안고 있는 것이다. 30년의 세월이 지나도 그가 추구하는 정신의 원관념은 그대로 유지되고 있음을 확인할 수 있다.

한자리 내쳐앉아 생각는가 조으는가
億劫도 一瞬으로 향기처럼 썩지 않는 말씀
돌조각 무릎을 덮은 그 無名 石手의 손에.

얼마를 머뭇거리다 얼룩 푸른 이끼를 걷고
속살 부딪는 光彩로 눈웃음 새겨낼 때
이별도 再會도 없는, 끝내 하나의 몸이여!

— 「현신(現身)」 전문

　이 작품은 역사적 유물을 소재로 그 안에 담긴 정신세계를 탐구
한 「초적」 시기 작품 계열의 연장선상에 속하면서도, 진술적 의미
를 직접 드러내지 않고 달관과 무념의 경지에 이른 석조예술품의
정밀한 기품을 그에 부합하는 정밀한 시어로 표현하였다는 점에
서 분명 진일보한 특색을 보여준다. 이 작품의 대상은 추측컨대 아
주 오래된 불상인 듯하다. 어느 먼 시대의 석공이 돌조각이 무릎을
덮을 정도로 오랜 시간과 정성을 들여 조성한 그 불상은 한 자리에
그대로 앉아 어떤 생각에 잠긴 것인지 아니면 조는 것인지 말이 없
다. "생각는가 조으는가"라는 말은 시인 김상옥이 도달한 내면의
원숙한 경지를 잘 드러낸다. 정신의 어떤 극지에 이르면 인위적인
사색의 단계를 떠나 현자의 휴식 같은 무위의 상태에 이를 것이고
그것이야말로 세상의 모든 욕심에서 벗어나 조는 듯한 자태를 보
일 것이다. 그러나 그 침묵의 석상은 억겁의 세월 동안 한결같이
향기처럼 썩지 않는 말씀을 들려주고 있다.
　세월의 잔해를 묻힌 얼룩진 푸른 이끼를 걷어내자 환한 속살이
드러나고 정겨운 미소도 오롯이 떠오른다. 그 불상의 원융한 모습

은 세속의 윤회를 벗어난 것이기에 "이별도 재회도 없는" 완전한 전일체를 이룬다. 이것은 시인이 추구하는 정결한 정신이 원숙의 나이에 접어들면서 평정과 무위의 경지에 대한 관심으로 그 지향이 확대되는 것을 의미한다. 이러한 지향은 「항아리」 같은 작품에서 세속을 떠나 모든 것을 비운 백자의 형상으로 재현된다. "비도 바람도 그 희끗대던 진눈깨비도 / 累累한 마음도" 다 비우고 이제 무얼 채울까 더 생각하지도 않는 허정(虛靜), 무위(無爲)의 경지를 잠시 꿈꾸어보는 것이다.

5. 정신의 경지와 시조의 형식미

이순의 나이를 지나면서 김상옥의 서정은 물밑으로 가라앉듯 더욱 맑고 서늘한 기품을 보인다. 『묵을 갈다가』(1980), 『향기 남은 가을』(1989), 『느티나무의 말』(1998)에 수록된 작품은 중복된 작품을 빼더라도 서정의 양태에서 근사성을 보인다. 햇살 환한 날 오히려 노년의 상실감과 외로움을 느끼는가 하면 과거의 추억에 잠겨 아련한 그리움의 대상을 떠올리기도 한다. 그러나 노경의 그리움은 젊은날의 시처럼 처절한 핏빛 열정을 터뜨리는 것이 아니라 정갈한 적막과 관조와 달관의 색조를 드러낸다. 목숨의 막바지에서 내면의 향을 지키는 정신의 고고함과, 혼탁한 세상에서 서슬 푸른 넋 하나를 지키려는 선비의 절도를 보여준다.

날 세워
창살을 베는

서슬 푸른 넋이 있다.

한 목숨
지켜낼 일이
갈수록 막막하건만

향만은
맡길 데 없어
이 삼동을 떨고 있다.

─「한란(寒蘭)」(『느티나무의 말』) 전문

　이 시조를 보면 첫 시조집 『초적』에 보이던 선명한 이미지와 정
결한 정신의 추구가 50년의 세월을 건너뛰어 그대로 이어지고 있
음을 감지할 수 있다. 거기에 더하여 막막한 세상에서 고초를 겪더
라도 지킬 것은 지켜야 한다는 고고한 견인의 자세가 거만하지 않
게 자리잡고 있다. 이 고고한 경지가 거북하게 다가오지 않는 것은
시조 양식이 지닌 전통적 친화력의 혜택이기도 하다. 가늘게 치솟
은 한란의 잎을 "날 세워/창살을 베는/서슬 푸른 넋"으로 본 것은
김상옥만의 독특한 감각적 발견이다. 날이 추워져야 잎을 피우는
한란은 그처럼 매섭고 심독한 일면을 내장하고 있다. 그렇게 첨예
한 잎으로 냉혹한 계절의 추위에 맞서 목숨을 지켜낸다는 것은 얼
마나 막막한 일인가. 그러나 한란은 목숨보다도 자신의 향을 지키
는 일에 더 비중을 둔다. 한란말고 이 향을 감당할 자가 누가 있는
가. 이 향만은 아무한테도 맡길 수 없으니 한란은 몸을 떨며 삼동
을 버텨가고 있는 것이다.

목숨보다 서슬 푸른 넋을 지키고 그것에 더하여 은은한 향을 지키는 것. 이것이 말년의 김상옥 시인의 지향하던 정신의 경지였다. 어지러운 세상은 서슬 푸른 넋이 깃들 자리를 내주지 않으려 하고 오욕의 세월은 은은한 향이 스며들 여지를 남기지 않으려 한다. 그러기에 초정은 세속을 떠나 백자와 연적과 묵향의 세계에 더욱 젖어들고자 했을 것이다. 그러한 고졸(古拙)의 세계에 대한 탐닉이 강해질수록 그 스스로 백자의 빛깔이 되고 한란의 향이 되려는 생각 역시 강화되었을 것이다. 그가 지닌 내부의 염원들은 서도로 묵화로 피어오르면서 언어의 차원에서는 시조의 정제된 형식미학으로 응결될 수밖에 없었다. 시조로 출발하여 시조로 귀결된 그의 서정적 창조 과정은 그의 정신의 지향과 관련지어보면 거의 필연적인 관계에 있다고 규정할 수 있다. 그런 의미에서 그는 시조의 형식미학이 정신의 표상과 결부된다는 것을 입증한 현대시사의 증인이다. 그의 문학사적 위상 역시 그러한 측면에서 더 정확한 입지를 찾을 수 있을 것이다.

李崇源 | 문학평론가, 서울여대 국문과 교수

연보

1920년 5월 3일(음력 3월 15일) 경남 통영읍 항남동 64번지에서 아버지 기호(箕湖) 김덕홍(金德洪)과 어머니 진수아(陳壽牙)의 1남 6녀 중 막내로 태어남.

1926년 7세 한문서당 송호재(松湖齊)를 최연소자로 수강. 학업성적이 뛰어나 시험 때마다 '괴(魁)'(으뜸의 성적)를 받음.

1927년 8세 2월 14일(음) 아버지 병사. 통영공립보통학교 입학. 그림과 동시에 소질을 보이기 시작함. 김용익(재미작가)과는 같은 반, 윤이상(음악가)은 한 학년 위, 김춘수(시인)는 두 학년 아래로 같은 학교를 다님.

1928년 9세 집안 형편이 어려워 월사금을 못 내 집으로 쫓겨가다가 산으로 올라가 '장골산 달롱개산 삐비 뽑으러 가자'는 동요「삐비」를 지음.

1932년 13세 통영보통학교 교지『여황(艅艎)의 록(綠)』에 동시「꿈」이 실림.

1933년 14세 보통학교 졸업. 생계 위해 향리의 남강인쇄소에서 인쇄공으로 일함.

1930~1935년 11~16세 향리에서 신동으로 알려지면서 우리나라 최초의 시조 동인지『참새』동인이었던 진산(眞山) 이찬근(李瓚根, 시·서예), 완산(玩油) 김지옥(金址沃, 서화·전각)에게 여러 분야를 사사함. 동향의 선배 노제(蘆提) 장춘식(張春植)에게 문학·연극·영화 등 예술 전반에 걸쳐 지도를 받음.

1934년 15세 금융조합연합회 신문 공모전에 동시「제비」당선(김소운金素雲 추천). 작품이 처음으로 활자화됨. 이어서 동시「연필」발표.

1936년 17세 조연현(趙演鉉)과 함께 시지(詩誌)『아(芽)』동인 활동. 시「무궁화」발표, 일경의 감시를 받기 시작함. 송맹수(宋孟秀, 옥사), 김기섭(金杞燮), 장응두(張應斗), 윤이상(尹伊桑) 등과 함께 일경에 체포됨(1

차 피체).

1937년 18세 일경을 피해 넷째 누나 부금(富今)이 살던 두만강구 근처 함북 웅기 (雄基)로 간 뒤, 서수라(西水羅)·아오지(阿吾地)·청진(淸津) 등지를 유랑함.

1938년 19세 함북 청진(淸津)의 서점에서 일하면서 본격적으로 시작(詩作) 활동을 함. 김용호(金容浩), 함윤수(咸允洙) 등과 함께 시지(詩誌) 『맥(貘)』 동인 활동. 뒤에 임화(林和), 서정주(徐廷柱), 박남수(朴南秀), 윤곤 강(尹崑崗) 합류. 10월 『맥』 3호에 시 「모래알」 발표. 12월 『맥』 4호 에 시 「다방」 발표.

1939년 20세 함북 청진 협동인쇄주식회사 근무. 10월 문예지 『문장(文章)』 제1권 9호에 시조 「봉선화」가 가람 이병기(李秉岐)의 추천을 받음. 11월 15일 『동아일보』 제2회 시조공모에 「낙엽」(공모 제목)이 당선됨(가 람 이병기 고선).

1940년 21세 통영으로 귀향, 남원서점(南苑書店)을 경영.

1941년 22세 남원서점에 걸어놓은 애국지사 낭산(朗山) 이후의 우국시(憂國詩) 가 문제되어 통영경찰서 유치장에 수감됨(2차 피체).

1942년 23세 삼천포로 피신, 도장포를 경영.

1943년 24세 1월 11일(음력 1942년 12월) 김정자(金貞子)와 결혼. 통영경찰서 유 치장에 6개월간 수감(3차 피체).

1944년 25세 1월 첫딸 훈비(薰妃) 태어났으나 다음해에 병사. 수감중 폐결핵으로 출감, 마산결핵요양원에서 요양함.

1945년 26세 2월 동향 출신 삼천포경찰서 형사보조원으로부터 일본 헌병대가 다 시 검거에 나설 것이라는 전언에 따라 삼천포를 탈출, 윤이상과 상 경하여 8·15 해방 때까지 피신. 상경 도중에 청도의 이호우(李鎬雨) 의 집에서 약 보름간 숨어 지냄. 서울 도착 첫날을 애국지사 이연호 (李然浩, 시인 이상화李相和의 형) 유족집에서 보냄. 서울 종로1가 종각 근처 한규복의 도장포에 취업. 전각 솜씨가 소문나면서 전각의 대가이기도한 위창(葦滄) 오세창(吳世昌)을 만남. 8월 14일 저녁 윤이상과 함께 일본 패망 소식에 감격의 기쁨을 나눔. 10월 부산공설운동장에서 개최된 해방기념제전에서 심사위원(이주홍李周洪, 김정한金廷漢, 김수돈金洙敦, 김상옥 등)을 자퇴하고, 시부(詩部)에 응시하여 연일 장원함. 유치환柳致環, 윤이상, 전혁림全爀林, 김춘수金春洙 등과 함께 통영문화협회(회장 유치환)를 만들어 예술운동 전개. 11월 삼천포문화동지회를 창립하여 한글운동을 전개하는 한편, 윤이상과 함께 삼천포여고 등 각급 학교 교가를 지어줌.

1946년 27세 8월 딸 훈정(薰庭) 출생. 1970년 김성익(金聲翊)과 결혼, 외손 남종(南宗). 향리에서 충렬여중(한산여중의 전신)의 명예직 교장으로 함태영(咸台永) 부통령을 초청하여 '부덕국지원(婦德國之源)'이라는 휘호를 받음. 삼천포중학교에서 국어교사. 시인 박재삼(朴在森)을 지도함. 원산에서 피난온 김광림(金光林, 본명 김충남金忠男)을 만남. 이후 20여년에 걸쳐 부산, 마산, 삼천포, 통영의 중고교에서 교편을 잡음. (경남여고, 부산여중, 통영수산고, 통영중, 통영여중고, 마산고, 창신고, 마산제일여고, 한산여중, 남성여중, 삼천포고, 삼천포여중고)

1947년 28세 4월 15일 시조집 『초적(草笛)』을 수향서헌(水鄕書軒)에서 출간(1천 부, 편집·문선·조판·장정·인쇄·제본까지 전 과정을 혼자 손으로 해냄). 대구에서 원로 백기만(白基萬)의 초청을 받음. 서울 종로 서사(書舍)에서 이병기, 홍명희(洪命熹)를 만나 시조에 대해 얘기함. 이 해 가을 경부선 열차 속에서 우연히 『인간문화재』의 저자 예용해(芮庸海)를 만남.

1948년 29세 시인 정지용(鄭芝溶)과 화가 정종여(鄭鍾汝)가 통영을 방문, 더불어 풍광을 즐김. 김동리(金東里)가 『민중일보』 8월 20일자에 서평 「초적(草笛)의 악보」 발표.

1949년 30세 1월 12일 시집 『고원(故園)의 곡(曲)』을 성문사에서 펴냄. 6월 15일

시집 『이단(異端)의 시(詩)』를 성문사에서 출간. 8월 윤이상이 시조 「추천(鞦韆)」과 시 「봉선화」(「편지」로 고침)에 곡을 붙여 작곡집 『달무리』에 실음.

1951년 32세 1월 둘째딸 훈아(薰阿) 출생. 77년 결혼, 외손 장민(長民)

1952년 33세 10월 5일 동시집 『석류꽃』을 현대사에서 출간. 문교부 편수국(국장 최현배)에서 활자체 심의를 위한 자문위원으로 위촉. 제주도 서귀포에서 통영으로 온 화가 이중섭(李仲燮)을 만나 교유함. 통영욕지중학교 교가를 지어주고, 2~3학년생 100명에게 동시집 『석류꽃』을 나눠줌.

1953년 34세 1월 아들 홍우(弘羽) 출생. 78년 이문희(李文熙)와 결혼, 손녀 유란(由蘭), 유하(由夏). 2월 20일 시집 『의상(衣裳)』(초판 1천부)을 현대사에서 출간. 이중섭이 출판기념회에서 시집 『의상』에 닭 그림을 그려 축하함. 마산고등학교에 재직하면서 시인 이원섭(李元燮)을 만남. 이제하, 윤재근, 김병총, 송상옥 등을 사제로 만남. 부산에서 출판한 아동잡지 『파랑새』(주간: 김용호) 2권 7호에 동시 「달밤」 발표. 『문예(文藝)』 4권 2호(통권 17호)에 시 「우수(憂愁)의 서(書)」 발표.

1954년 35세 봄 통영 남망산에 충무공 이순신 시비 건립을 주도해 비명(碑銘)을 짓고 글씨를 씀. 그 명문을 노산 이은상이 보고 충무공 몰후(歿後) 4백년 만에 가장 합당한 말이라고 평가함. 통영문협(문총지부)를 재건하고, 『참새』지를 타블로이드판으로 복간함. 7월 15일(음력) 어머니 작고. 마산결핵요양원 간행 『보건세계』에 수필 「잡담초」 발표.

1955년 36세 5월 마산 다방 '비원'에서 시화전 개최(주최 국제청년회의소, 후원 문총마산지부, 마산언론인협회). 전시작품은 「승화(昇華)」 등 20점.

1956년 37세 5월 5일 시집 『목석(木石)의 노래』를 서울 청우출판사에서 출간. 이상철 교장의 요청으로 경남여고에 국어교사로 초빙되어 부산으로 이사함. 부산대 국문과 강사로 잠시 출강함.

1957년 38세 개천절 경축 제1회 전국백일장 심사위원.

1958년 ^{39세} 12월 13일 동시집『꽃 속에 묻힌 집』을 서울 청우출판사에서 출간.

1960년 ^{41세} 4월 신현중(愼弦重) 씨의 도움으로『한국시단(韓國詩壇)』(주간 서정주徐廷柱) 1집을 편집장으로서 펴냄. 사회공로훈장을 받음.

1963년 ^{44세} 『현대문학』에「무초산관기(無蕉山館記)」연재 시작. 서울로 이주하여 인사동에서 표구사 겸 골동품 가게「아자방(亞字房)」을 경영, 묻혀 있던 골동품을 문화재로 수집하고 백자의 아름다움을 설명하며 세상에 널리 알리는 일을 열정적으로 하기 시작함. 한국수필문학의 쌍벽인 금아(琴兒) 피천득(皮千得)과 치옹(痴翁) 윤오영(尹五榮)을 만나 교유함.

1964년 ^{45세} 서울대 영문과 학생들의 초청으로 시조를 특강한 자리에서 당시 학생 김영무(金榮茂)와 즉흥시 응답.

1965년 ^{46세} 서울 종로1가 종각다방에서 범부(凡父) 김정설(金鼎卨)의 신라사(新羅史) 강론(講論)을 들음. 김정설이 당나라의 천재 시인 강보의 이름을 따 '강보(康父)'라는 호를 지어줌.

1966년 ^{47세} 9월『시조문학』14집에 삼행시라는 이름으로「무제(無題)」를 발표.

1968년 ^{49세} 『동아일보』신춘문예 시조 심사위원을 12년간 맡음(1968~1974, 1977~1979, 1981~1982). 이밖에 문공부 신인문학상 심사위원을 맡은 것을 비롯,『조선일보』『중앙일보』『한국일보』『서울신문』『경향신문』의 신춘문예 심사위원 역임. 5월 부산 중앙동「동원」다방에서 시(詩)·서(書)·화(畵) 작품전 개최.

1969년 ^{50세} 아자방을 골동가게로 경영하기 시작. (8~9년간 계속)

1972년 ^{53세} 11월 13일~19일 일본 쿄오또 융채동(隆彩洞) 화랑에서 서화작품전 개최. 서예, 문인화, 현대한국화 등 70여점 출품. 이밖에 2000년까지 서울·부산·대구·대전·마산·전주·진주 등에서 십수회의 개인전.

1973년 ^{54세} 4월 15일 삼행시집『삼행시육십오편』을 아자방에서 펴냄(200부 한정판, 1974년 재판 300부, 1975년 3판 보급판 1,000부 발행).

1974년 ^{55세} 4월 26일 국립중앙박물관(관장 최순우崔淳雨) 초청으로「시와 도

자」특별 강연. 서울 신세계미술관에서 초대전을 개최함. 제1회 '노
산시조문학상' 수상.

1975년 56세 12월 25일 산문집 『시와 도자』를 아자방에서 출간.

1976년 57세 서울 미도파화랑에서 개인전 개최.

1980년 61세 4월 25일 시집 『묵(墨)을 갈다가』를 회갑 기념으로 창작과비평사에
서 출간. 4월 22일~27일 신세계미술관에서 회갑기념 「초정 김상옥
미술전」을 개최함.

1982년 63세 11월 제1회 중앙시조대상 수상.

1983년 64세 11월 10일 시선집 『한국현대문학대계』 22(이호우 공저)를 지식산업
사에서 출간.

1989년 70세 3월 『월간중앙』에 「윤이상과의 교유기」 발표. 4월 20일 고희기념시
집 『향기 남은 가을』을 상서각에서 출간.

1994년 75세 제2회 충무시문화상 수상.

1995년 76세 정부의 문화훈장 보관장(寶冠章) 수령을 거절함. 12월 동인지 『맥』
을 38년 만에 다시 창간함.

1997년 78세 3월 26일 제9회 삼양문화상(三羊文化賞) 수상.

1998년 79세 1월 10일 시집 『느티나무의 말』을 상서각에서 출간.

2000년 81세 1월 1일 통영문화원 주최 새천년 해맞이 축제에 축시 「순간을 영원
처럼」 발표. 1월 18일~23일 대구 동아쇼핑센타 전시장에서 「팔순기
념전」 개최. 6월 15일 팔순기념육필시집 『눈길 한번 닿으면』을 만인
사에서 출간. 백자예술상을 제정하고 제1회 백자예술상 시상식을
거행함(수상자: 이원섭, 선정주, 허윤정, 서예가 권용완).

2001년 82세 1월 1일 시조선집 『촉촉한 눈길』이 서울 태학사에서 발간됨. 6월 6
일~15일 서울 인사동 「민예사랑」에서 서화개인전(50여점 출품). 12
월 28일 가람시조문학상 수상.

2002년 83세 5월 4일 제2회 백자예술상 시상식을 출판문화회관에서 거행(수상
자: 송하선). 7월 5일 시조집 『초적』 재판(500부 한정판)이 동광문화

사에서 출간됨.

2004년 ^{85세} 10월 26일 부인 김정자 (金貞子) 작고(향년 82세). 10월 31일 별세
(향년 85세). 11월 3일 판교공원묘지(경기도 광주시 오포면 소재)에
서 안장식 거행.

2005년 4월 28일 플라자 호텔 '도원'에서 『초정 김상옥 기념회』 발족. 9월 10일~
10월 23일 서울 영인문학관(관장 강인숙)에서 '초정 김상옥 시인 유묵 유
품전'.

■ **아호**: 초정 (草丁, 草汀, 艸丁), 초초시실(艸艸詩室), 석재인해각(石材印海閣),
백운부용암(白雲芙蓉庵), 칠수육조처용지거(七鬚六爪處容之居), 백자단
연지실(白磁丹硏之室), 팔십팔연재(八十八硯齋), 불역마천시루주인(不易
摩天詩樓主人), 백자실주인(白磁室主人), 무초산관주인(無蕉山館主人),
소창다명지실(小窓多明之室) 등 30여개.

작품 찾아보기

660

민 영 閔暎   1934년 강원도 철원에서 태어났고 1959년 『현대문학』에 시가 추천되어 작품활동을 시작했다. 자유실천문인협의회 고문, 민요연구회 회장 등을 역임했고 한국문학평론가협회상, 만해문학상 등을 수상했다. 시집으로 『단장』 『용인 지나는 길에』 『냉이를 캐며』 『엉겅퀴꽃』 『바람 부는 날』 『유사를 바라보며』 『해지기 전의 사랑』 등이 있고 시선집으로 『달밤』이 있다.

김상옥 시전집

초판 1쇄 발행 / 2005년 10월 30일
초판 3쇄 발행 / 2020년 12월 8일

지은이 / 김상옥
엮은이 / 민영
펴낸이 / 강일우
편집 / 김정혜 안병률 강영규 김영주
미술·조판 / 윤종윤 신혜원
펴낸곳 / (주)창비
등록 / 1986년 8월 5일 제85호
주소 / 10881 경기도 파주시 회동길 184
전화 / 031-955-3333
팩시밀리 / 영업 031-955-3399 · 편집 031-955-3400
홈페이지 / www.changbi.com
전자우편 / lit@changbi.com

ⓒ 김홍우 2005
ISBN 978-89-364-6022-8   03810